KB035417

스노우 헌터스

스노우 헌터스

초판 1쇄 발행 2024년 7월 26일

지은이 폴 윤
옮긴이 황은덕
펴낸이 강수걸
편집 이소영 강나래 이선화 오해은 이혜정 김효진 방혜빈
디자인 권문경 조은비
펴낸곳 산지니
등록 2005년 2월 7일 제333-3370000251002005000001호
주소 부산시 해운대구 수영강변대로 140 BCC 626호
전화 051-504-7070 | 팩스 051-507-7543
홈페이지 www.sanzinibook.com
전자우편 sanzini@sanzinibook.com
블로그 http://sanzinibook.tistory.com

ISBN 979-11-6861-353-9 03840

* 책값은 뒤표지에 있습니다.
* 잘못 만들어진 책은 구입처에서 교환해드립니다.
* 본 도서는 2024년 부산광역시, 부산문화재단 〈부산문화예술지원사업〉으로 지원을 받았습니다.

부산광역시 부산문화재단

스노우 헌터스

폴 윤 장편소설

황은덕 옮김

산지니

폴 윤의 『스노우 헌터스』에 대한 찬사

“폴 윤은 얼핏 보면 완벽한 미니멀리스트처럼 보이지만, 이 소설의 모든 섬세한 몸짓의 너머에는 깊고 복잡한 역사가 일렁이고 있다. 『스노우 헌터스』는 고독한 삶에 대한 아름답고 감동적인 명상이다.”—앤 패칫, *State of Wonder* 및 *Bel Canto* 저자.

“폴 윤의 문장은 깜짝 놀랄 정도로 아름답다. 명료하고 깨끗하며 공명을 일으키는 『스노우 헌터스』의 문장은 믿을 수 없을 만큼 가볍고 놀랍도록 부드러운 소설을 만들어낸다.”—로런 그로프, *Arcadia* 및 *The Monsters of Templeton* 저자.

“『스노우 헌터스』는 꿈처럼 읽힌다. 조용하고 연상을 불러일으키는 이 작품에서 우리는 전쟁으로 인해 말을 잃고, 상실과 이주로 인해 변화를 겪으며, 궁극적으로는 추억과 사랑이라는 구원의 실타래로 치유되는 삶을 보게 된다. 폴 윤의 소설은 문장의 대가가 출현했음을 알린다. 각 문장은 감탄을 자아내게 하는 보석이다.”—바데이 라트너, *In the Shadow of the Banyan* 저자.

“폴 윤은 전쟁의 결과와 그 황폐함 속에서 새로운 삶을 시작한다는 것이 무엇을 의미하는지에 대한 심오한 시각을 보여준다. 상실에 대한 묘사는 가차없지만, 이 소설은 아름다움이 넘친다. 자연과 인간 세계에 대한 관찰, 시간과 기억에 대한 이해, 개별 의식에 대한 헌신, 이 모든 것들이 합해져서 깊은 위로를 선사한다. 간단히 말하자면, 짧은 분량 속에서 『스노우 헌터스』가 다루는 범위는 대단히 광활하며, 선명하고 상쾌한 해빙과 같은 언어로 쓰였다.”—세라 S. 바이넘, *Ms. Hempel Chronicles* 및 *Madeleine Is Sleeping* 저자

“일상적이고 초현실적인 언어의 장인”—*New York* Magazine

“『스노우 헌터스』라는 이 우아한 시적 어조의 소설이 갖춘 간결하고 단순한 문장들은 독자의 읽는 속도를 느리게 만드는 효과가 있

다. 이는 기억과 시간 속에서 헤매는 한 남자의 이야기를 경험하는 데에 적합한 방법이다."—*Entertainment Weekly*

"폴 윤은 자신이 단편 형식에 잘 맞는다는 걸 입증했다… 『스노우 헌터스』에는 수많은 즐길 거리가 있는데, 소설은 서정적이면서도 정확한 폴 윤의 산문으로 시작된다… '소설'은 간결하기에 더욱 강력하다."—타티아나 솔리, *The New York Times Book Review*

"매우 완벽하다… 폴 윤은 각 페이지에서 친밀감을 보여주었을 뿐만 아니라 독자와 요한 사이에 친밀감을 형성하도록 만든다. 폴 윤의 비교적 짧은 분량의 소설이 끝날 무렵, 요한은, 당신이 쉽사리 잊지 못할 캐릭터이자 현실 인물이 된다."—*The Wire*

"고독한 한 남자의 삶을 시적으로 표현한 작품… 폴 윤의 단편소설은 여백 있고 아름다운 문장으로 호평받았고, 『스노우 헌터스』 역시 그러한 특징을 갖고 있다. 폴 윤은 종종 단순명료한 헤밍웨이의 문체를 떠올리게 한다."—*The Boston Globe*

"매우 아름다운 수수께끼 같은… 이 시대 문학의 창공에 떠 있는 작지만 빛나는 별."—*The Dallas Morning News*

"'환히 빛나는'이라는 단어는 서평에서 남용되는 단어이지만, 폴 윤의 신작 『스노우 헌터스』에는 절묘하게 어울리는 단어이다… 폴 윤의 원본 원고가 500페이지가 넘는 분량이었다고 하니, 이 책의 모든 페이지가 다이아몬드처럼 압축된 듯한 느낌을 주는 이유가 여기에 있을 것이다. 이 소설은 결말의 속삭임으로 쉽게 빠져드는 미묘하고 명상적인 책이 될 수도 있었지만, 대신에 매우 실제적인 어떤 일이 소설 속에서 일어난다. 해안에 불빛이 나타나기 시작할 때 보트 안에서 그런 일이 일어남으로써 이 모든 것은 더욱 완벽해졌다."—*The Cleveland Plain Dealer*

"작가로서 폴 윤의 재능은 가장 사소한 순간의 의미를 드러낸다는

것이다… 미묘하고 우아하며 통렬한 독서."—Opera.com

"어느 시점에서 나는 이 책이, 누군가 누군가에게 무엇을 하는지 지켜보는 일반적인 소설이 아니라, 소설이라는 틀로 표현하기에는 가장 어려운, 고독에 관한 책이라는 것을 깨달았다. 이식된 삶을 사는 요한은 세계에 대한 훌륭한 관찰자이지만 아직은 자기 자신을 반추할 수 있을 뿐이다. 그에게 있어서 다른 사람들은 미스터리이다. 이것으로 이야기를 만들 수 있다고 누가 생각할 수 있겠는가? 이 소설은 보다 넓은 의미의 미스터리를 환기시킨다."—존 실버, "2013년 가장 좋아하는 책", *The Wall Street Journal*

"놀라운 무게감을 입증한 깔끔하고 우화 같은 책… 폴 윤은 긴장감 있고 단순한 문장을 광활하고 운율 있게 직조하는 서정적인 작가이다. 이 책의 모든 문장이 의미 있게 설계되었다. 폴 윤은 변화의 순간을 위해서는 클로즈업하고 역사의 흐름을 포착하기 위해서는 뒤로 물러서는 장인이다."—*Minneapolis Star Tribune*

"전쟁과 그 결과에 대해 글을 쓰는 건 까다로울 수 있다. 하지만 폴 윤의 글은 우아하고 절제되어 있으며 때로는 애절하지만 꼭 필요한 순간에는 생생하다."—*St. Louis Post-Dispatch*

"『스노우 헌터스』를 설명할 수 있는 수많은 단어들—시적이고, 관찰력 있고, 통렬하고, 공감을 불러일으키고, 세련되고, 애절하고, 투명한— 중에서 나는 '꿈같다'라는 단어를 선택하겠다."—*Asian Review of Books*

"폴 윤의 데뷔 장편소설은 500페이지 분량의 초안으로 시작하여 약 200페이지로 압축되어서 2009년의 소설집 『원스 더 쇼어』(Once the Shore)가 그랬던 것처럼 반짝거리며 연상을 불러일으키는 여백을 갖고 있다. 그 결과로, 완벽함을 위해 버려지고 남은 모든 단어가 소중하게 여겨지는, 희귀하고 귀한 보석이 탄생했다. 올해 최고의 작품 중 하나이다."—*Library Journal* (starred review)

"소설집 『원스 더 쇼어』(Once the Shore)는 이야기와 언어에 대한 폴 윤의 날카로운 힘을 보여주었다. 이 장편소설로 그는 놀라운 궤적을 이어가고 있는데 그의 문장은 너무도 순수해서 초자연적인 느낌이 든다."—*Publishers Weekly*

"'폴 윤의' 데뷔 장편소설에 대한 기대가 높았다. 그리고 『스노우 헌터스』를 통해 그 기대는 충족되었다… 성찰적이고 감동적인 소설을 음미한다."—*BookPage*

"폴 윤의 섬세한 문장은 잊을 수 없는 관점을 창조한다."—*Booklist*

"숙련되지 않은 사람이라면 눈에 띄지 않을 수도 있었을 평범한 순간들이 우아한 특성을 띠게 되었다. 미니멀리스트이자 장인이 빚어낸 이야기이다."—*Kirkus Reviews*

"폴 윤은 전반적으로 고독한 요한의 세계를 관찰하며 독자를 사로잡는다."—*KoreAm*

"폴 윤의 얇은 분량의 소설 『스노우 헌터스』는 매우 아름답게 쓰인 책이다. 독자를 생각하게 만드는 책으로서 이는 작가 중의 작가가 쓴 작품이다."—록산 게이, *The Nation*

"사랑과 새로운 시작에 대한 조용한 탐구… 훌륭하다."—*San Francisco Chronicle*

"미니멀리즘은 이야기의 원동력이자 장인 솜씨의 힘이 된다. 모든 단어에 목적이 담겨 있고, 폴 윤의 단정한 문장은 명상의 기운을 품고 있다. 초안은 500페이지가 넘는 분량이었지만 최종본은 208페이지뿐이다. 가장 훌륭하고 가장 중요한 문장만 남은 것이 분명하다… 이 책은 전쟁의 여파를 다루고 있지만 『스노우 헌터스』가 보여주는 사유는 더 넓은 삶의 경험에도 적용할 수 있다."—NPR.org

나무 안에서 나무가

만화경처럼 일어나는 걸 보았네

마치 나뭇잎들이 더 생기 있는 유령을 품고 있는 것처럼

—크리스티안 위먼

나무 위의 아이들,

하나가

다른 이의 손바닥 안으로 떨어지네

—마이클 온다치

차례

I

1

그 겨울, 비가 내릴 때, 그는 브라질에 도착했다.

그는 바다를 건너왔다. 화물선에 탑승한 유일한 승객이었다. 항해의 마지막 며칠 동안 날씨가 따뜻했는데 그가 눈을 볼 수 없다고 말하자 선원들이 웃음을 터트렸다. 선원들은 항상 그랬듯이 행운을 빌면서 배 밖으로 물고기들을 던졌다. 그는 바람 속에서 바닷새들이 몸을 비틀며 날아와 하강하는 걸 지켜보았다. 지금까지 그는 바다를 본 적이 없었고 혼자서 이렇게 멀리 여행한 적도 없었다. 그의 이름은 요한, 나이는 스물다섯이었다.

그는 지나치게 헐렁한 낡은 회색 양복 차림에 테

두리가 짧은 모자를 쓰고 있었다. 양복은 원래 그의 것이 아니었다. 포로수용소에서 지급받은 것이었는데 그가 양복으로 갈아입고 나오자 젊은 미국인 간호사가 군복 상의를 받아서 조심스레 개켜 주었다. 수용소에서 수년 동안 입었던 그 군복은 찢어지고 낡아서 애초에 어떤 옷이었는지 알아볼 수조차 없었다.

어깨가 좁은 간호사였다고 그는 생각했다. 햇볕에 탄 목은 새까맸다. 그녀는 그에게 친절했다. 포로수용소에서 보낸 세월 동안 내내 그랬다. 하지만 그는 그녀에게 그걸 말하지 않았고, 넓은 벌판의 천막 아래에 늘어선 경비병들과 의사들에게 작별인사를 건넸다. 항상 그랬듯이 하늘은 낮고 광활했고 바람결을 따라서 흙냄새와 역겨운 냄새가 풍겨 왔다. 인근 농장에서 동물들의 울음소리도 들려왔다.

그는 유엔 트럭의 짐칸에 실려 호송되었다. 바로 전날 눈이 내렸지만 그가 떠나던 날은 날씨가 맑았다. 감시탑에서 누군가 손을 흔들었다. 그는 눈을 감고 생각에 잠겼다.

그에게도 배낭과 여벌 셔츠와 바지가 지급되었

다. 거주지와 직업을 알선하는 소개장은 양복 윗주머니의 접힌 손수건 안쪽에 들어 있었다.

새벽이 다가오고 배가 육지에 가까워졌을 때 비가 내리기 시작했다. 비는 느리고 가볍게 내렸고 사람들은 모두 갑판에 남아 있었다. 요한은 빗방울이 모자의 테두리에 떨어졌다가 어깨를 따라 흘러서 사라지는 걸 느꼈다. 바람 때문에 두 눈이 건조하고 붉어졌다. 전날 밤에 그는 선실에서 거울을 보며 머리를 짧게 깎았다. 포로수용소에서 머리를 깎아 주던 간호사들이 하던 방식대로 머릿니가 있는지 확인했다. 그는 면도도 했다. 처음에는 면도하는 법을 기억하는지 확신할 수 없었고 면도날이 피부를 누를 땐 망설여졌다.

이제 해안을 볼 수 있었다. 맨 처음에 그것은 구름을 닮아 보였다. 그러다가 모양이 변했고 조각조각 갈라졌다. 그는 지붕의 타일과 돌과 높은 언덕의 경사면을 따라 늘어선 흰색 담벼락들을 보았다.

항구가 차츰 시야에 잡혔다. 그리고는 돛과 돛대들. 그는 난간을 붙잡았고 마을 위로 솟아오르는 증기선의 연기를 눈으로 좇았다.

산봉우리 근처에서 교회 첨탑이 보였고 그보다 높은 곳의, 탁 트인 산등성이에 커다란 나무 한 그루가 있었다. 해안 저 멀리, 북쪽 방향으로, 대농장 가옥이 자리 잡은 기다란 들판이 있었다. 그리고 더 멀리, 곶에서, 등대가 깜박거리고 있었다.

그들은 항구로 들어섰다. 배가 부두에 접근했을 때 옅은 안개와 갑작스레 웡웡대는 목소리와 엔진 소리, 도르래에 팽팽히 감긴 밧줄 소리가 사방을 에워쌌다. 부두의 상인들이 그들을 쳐다보며 판매할 물건을 들어 올리며 양팔을 휘저었다. 어부들이 배를 청소하고 있었다. 농장주들은 농장과 소작인들을 방문하기 위해 더 멀리 서쪽으로 항해할 준비를 하고 있었다.

그는 이 나라의 이름을 발음해 보았고 그런 후에 한 번 더 발음했다.

배가 정박한 후 그는 선원들을 도와 선적물을 내렸다. 그가 건널판 아래로 미끄러져 내려가는 화물 상자에 시선을 고정했다. 바로 뒤에서 움직임이 느껴졌고 느리게 내리치는 망치질 소리가 들렸다. 피 냄새를 맡았지만 자신의 상상인지 아니면 허공에 들려 옮겨지는 어망 때문인지 확신할 수 없었다.

비는 멈추지 않았다. 선원 중에서 가장 나이 많은 이가 그에게 우산을 건넸다. 파란색이었고 나무 손잡이가 달려 있었다.

선원이 어깨를 으쓱한 후 씩 웃더니 말했다.

—아이가 줬어.

선원이 손가락으로 배를 가리켰고 요한은 누군가의 정수리와 하늘을 따라서 미끄러지듯 휘날리는 옅은 색의 스카프를 본 것 같았다. 한 소년이 소녀의 뒤를 따라 달려가며 손을 흔들었다. 먼 거리였지만 요한은 소녀의 목소리를 들을 수 있었다. 마치 연이 날아오르는 것처럼, 섬세함과 확신이 깃든, 또 다른 언어에 실린 낯선 외국어 억양의 문장이었다.

마치 뭔가를 기대하듯이 그는 움직임을 멈췄다. 그러나 두 아이는 사라졌고 그는 자신이 실제로 아이들을 보았고 목소리를 들었는지 확신할 수 없었다. 선원의 말을 제대로 이해했는지도 분명치 않았다. 그 배에 다른 승객은 없다고 했다.

—행복한 인생을 위하여.

선원이 말했다. 선원들의 기름때 묻은 얼굴에 드

러난 피로감을 알아차리며 요한은 그들 모두와 악수했다. 그는 한 달이 넘도록 선원들과 함께 생활했는데 그들은 친절하게 대해 주려고 애썼다. 선원들은 카드게임을 가르쳐 주었고, 담배를 나누어 주었고, 자신들도 거의 알지 못한 채 이제 막 도착한 그 나라에 대해서도 알려 주었다.

선원들은 남한 사람들이었다. 전쟁 때 그들은 해군에 복무했다. 항해 도중에 날씨가 따뜻한 저녁이면 그들은 갑판에 모여 술병을 돌려 가며 그에게 해상 전투를 치른 이야기를 들려주었다. 그러다가 그들은 서로를 마주 보았고 다시 요한을 바라보았다가 서서히 입을 다물었다.

대신에 선원들은 자신들의 현재 생활과 새로 맺어진 가족들, 일 년 동안 어떤 식으로 화물선에 짐을 싣고 다녔는지, 그리고 더 많은 일거리가 있는 일본으로 어떻게 이주했는지에 대해 들려주었다.

—그리고 아내들.

한 선원이 갑판의 가장자리로 다가오며 말했다.

그는 선원들이 마시던 술병을 손에 들고 있었는데 기다란 양초 심지를 술병 안으로 밀어 넣고 성냥을 켰다. 어둠 속으로 그가 술병을 던지자 밤하늘에 찰나의 섬광이 번쩍이며 그의 손을 환히 비추었다. 짧은 폭발음이 이어지자 요한은 소음에 반응하는 자신의 몸짓을 숨겼다. 선원들은 자신들이 항해하며 가로질러 온 광활한 어둠을 향해 함성을 질렀다.

한 달이 지났고 이제 부두에 선 그는 선원들과 헤어지고 싶지 않았다. 그는 선원들 가까이에 서서 그들이 한국어로 말하는 걸 들었다. 언제 다시 한국어를 듣게 될지 알 수 없었다. 하지만 더 이상 할 말이 없어지자 그는 마지막으로 선원들을 바라보았고 손을 흔들었다.

그는 항구를 떠나 내륙 쪽으로 향했다. 좁은 도로를 따라 아파트와 상점이 있는 동네로 들어서는 동안 새 우산이 그를 보호해 주었다. 이제 혼자가 된 그는 도로의 온갖 표지판들과 매달린 신호들을 빤히 바라보았다. 새로운 냄새들, 미지의 언어로 가득한 마을의 소음들이 갑작스럽게 온몸을 압도했다.

선원들은 자신들도 거의 알지 못하는 포르투갈어를 있는 힘껏 그에게 가르쳐 주었다. 하지만 그는 더 이상 단어와 구문들을 떠올릴 수 없었다. 남아 있는 게 있는지 머릿속을 더듬어 봤지만 도로를 따라 걷는 동안 집중하거나 안정을 찾을 수 없어서 그 어떤 것도 기억할 수 없었다.

마을은 거의 도시만큼 규모가 컸고 언덕을 오르자 더 넓게 펼쳐졌다. 마을 안쪽으로 이동할수록 그곳의 밀도와 높이가 느껴졌다. 그는 계속해서 낯선 건축물, 정문과 출입구의 디자인, 높은 층수의 건물들을 올려다보았다. 조개껍데기 색깔을 띤 건물들이었다. 사방에 검은 창문들이 있어서 마치 대지에 뚫린 천 개의 문처럼 보였다.

자전거를 탄 소녀가 다가오자 그는 인도로 올라섰다. 소녀는 빠른 속도로 그를 지나치면서 닫힌 출입문을 향해 신문을 던졌다. 그는 걸음을 멈추고 기억에 사로잡혔다. 지난 몇 년간 그는 자전거를 본 적이 없었다. 소녀가 페달을 밟으며 멀어지는 동안 자전거 바퀴에서 빗방울이 튕겨 나갔다. 빵집 안에서 불빛이 보이더니 지붕의 좁은 연통으로 연기가 피어올랐다.

그는 어부를 멈춰 세우고 명함을 보여 주었다. 남자는 산등성이를 가리키면서 팔을 오른쪽으로 휘저었다. 그는 자갈 깔린 도로를 따라 걷다가 이발소에서 방향을 꺾었고, 또 다른 도로를 따라 걷다가 비탈길로 접어들었다. 밝은 색으로 페인트칠 된 좁은 덧문의 연립주택들을 지나쳤다. 이윽고 그는 일본어로 적힌, 유리창에 나붙은 종이 안내문을 알아보았다.

양복점은 아파트와 약국 사이에 있었다. 건물은 흰색이었고 2층 높이였다. 간판이 없었다. 대신에 두 개의 커다란 유리창 안으로 탁자들, 둘둘 말린 옷감, 어깨에 줄자를 늘어뜨린 머리 없는 마네킹을 볼 수 있었다.

이른 아침이었다. 도로 건너편에 서서 그는 2층 유리창을 올려다보았다.

바로 그곳, 비가 내리는 양복점 앞에서, 그는 처음으로 여행의 피로를 느꼈다. 배수관의 빠른 물살 소리가 들려왔고 양다리에 힘이 풀렸다. 점점 현기증이 일었다. 그는 우산을 꽉 붙잡고 이제는 대양 저편으로 멀어진 지난 세월에 대해 생각했다. 한국과 그곳의 전쟁을 떠올렸고 그 나라의 남쪽 해안 근처, 공군기지 옆의 포로수용소를 생각했다. 거기에서 그는 2년 동안 포로로 있었다. 그는 그날을 생각했다. 의식이 돌아온 후에 보았던 나무들과 철모 쓴 남자들과 마치 차임벨처럼 그의 주변에서 흔들거리던 무기들을 떠올렸다.

미국인들은 그들을 북쪽 사람이라고 불렀고 처음 몇 주 동안 그는 손목을 결박당했다. 그러다가 일손이 필요한 의사들이 그와 다른 사람들의 손목을 풀어 주었다. 그는 무덤을 팠고 양동이에 담긴 옷을 세탁했다. 간호사들을 위해 의료용 쟁반을 옮겼고, 펭이나 그곳을 방문한 선교사들과 함께 높은 철조망 울타리가 둘러쳐진 구역 안쪽을 산책했다. 감시탑의 병사들이 그들을 내려다보았다.

그는 다른 포로들과 막사에서 잠을 잤다. 겨울에는 서로의 체온에 기대어 몸을 덥혔다. 달빛이 그들과 함께 있었다. 나무 벽을 통해 스며든 달빛은 시간이 지나면서 그들의 몸 위로 이동해 갔다. 잠을 잘 수 없었던 요한은 아버지를 생각했고 그가 태어나고 자란 산간 마을에서 겨울에 내렸던 그 모든 눈을 떠올렸다. 그러자 모든 게 너무나 멀게 느껴졌고 마치 지구가 팽창하듯이 그의 기억도 팽창해서 더 이상 붙잡을 수 있는 게 없었다. 이런저런 생각들이 차츰 물러나서 가는 선으로 옅어져 사라진 후에야 그는 비로소 잠이 들었다.

전쟁이 정확히 언제 끝났는지 그는 알지 못했다. 휴전이 되고 며칠이 지난 후에야 그는 그 소식을 들었다.

어느 날 그는 집으로 돌려보내진다는 말을 들었다. 그의 나라로, 라고 그들이 말했다. 북쪽으로.

—송환.

그들은 이렇게 불렀다.

그는 그들의 제안을 거절했다. 그 수용소에서는 그가 유일했다.

그래서 그곳에 좀 더 머물렀다. 부상이 심해서 이동할 수 없고 살날이 얼마 남지 않은 이들의 곁에 머무르며 의사들을 도왔다. 청년들이 원할 때 그는 손을 잡아 주거나 옆에 앉아서 바깥의 들판과 나무와 구름에 대해 설명해 주었다. 그러면 눈을 뜨지 못하거나 머리를 움직이지 못하는 청년들은 미소를 지으며 자신들의 어머니를 떠올렸다. 몇몇은 울면서 미안하다고, 정말 미안하다고 말했다. 무엇을 미안해하는 걸까 하고 그는 생각했다. 하지만 청년들이 보고 있는 사람이 그가 아니라 최근에 꿈속에서 만난 다른 누군가라는 걸 그들의 눈을 보며 알 수 있었기 때문에 그로서는 아무래도 괜찮았다.

그러다가 얼마 후 한 남자가 방문했다.

—유엔에서.

남자가 말했다. 그들은 천막 아래의 탁자 주변으로 모였고 간호사와 선교사들도 함께했다.

브라질과 협정이 맺어졌다고 그 남자가 말했다. 요한은 침묵했다. 그는 한 번도 그 단어를 들어 본 적이 없었다. 원한다면 수용소를 곧 떠날 수 있다고 그 남자가 말했다.

—태양.

그의 옆에 선 간호사가 저 멀리 나무들 위로 막 흩날리기 시작한 눈을 바라보며 말했다. 장담하는데 거긴 태양이 강렬해요.

더 이상 밤이 없을 것 같은 장소에 대해 그는 생각해 보았다.

–브라질.

요한이 말했고 그 남자가 고개를 끄덕였다. 간호

사가 미소 지었고, 요한 역시 그렇게 했다.

그곳에 재단사가 있었다. 일본인 남자. 그의 이름은 기요시였다. 수용소에서 옷을 수선했기 때문에 요한은 재단사의 견습생이 될 수 있을 것이었다. 그가 수선 일을 잘했다고 간호사가 말했고 요한은 자신의 양손을 내려다보았다. 그 순간 그는 유엔 직원이 나타났을 때 자신이 천막 아래, 테이블 위로 몸을 구부린 채, 그 전쟁에서 죽은 자들에게서 벗겨낸 옷을 수선하고 있었다는 걸 잊고 있었다.

지금은 1954년이었다. 그는 파란색 우산을 들고 보도에 서 있었다.

비가 계속해서 내렸다. 비탈진 언덕의 옥상과 좁은 도로와 골목길과 양복점 창문으로 빗물이 떨어져 내렸고, 그의 몸의 윤곽을 흐리게 했다. 아침은 회색이었고 녹슨 빛깔이었다. 막 깨어나고 있는 도시의 모든 소리가 하늘로 솟아올랐다가 빗방울로 떨어져 흩어지는 것 같았다.

그가 선 보도에 웅덩이가 생기기 시작했다. 신발 안의 발가락이 젖어 들고 색깔이 짙어졌다.

그는 다시 기운을 차렸다. 모자를 고쳐 쓰고 배낭

을 제대로 멨다. 양복 주머니에서 소개장을 꺼냈다. 그는 도로를 건넌 후에 유리문을 한 번 두드렸다. 응답을 기다리는 동안 유리문에 비친 그의 양손이 떨렸다. 그는 두 손을 진정시켰다.

그가 서 있는 바깥에서는 가게 안 전체를 볼 수 있었다. 발길과 탁자와 의자 다리에 긁혀서 색깔이 옅어진 어두운 목재 바닥의 길쭉한 가겟방, 선반에 쌓여 있거나 담배 연기로 얼룩진 벽에 세워진 직물들, 작업대 위의 재봉틀들, 가위, 재봉 바늘, 실패로 가득 찬 나무 상자. 휴대용 라디오. 낮은 천장에 매달린 오래된 선풍기와 전구 한 개.

그는 유리문을 향해 몸을 더 기울였다. 뒤쪽의 출입구를 가린 두꺼운 붉은색 커튼이 희미한 빛에 감싸여 있었다.

바로 그곳에서 한 남자가 나타나 커튼을 옆으로 열어젖혔다. 키가 작았고 걸음걸이가 구부정했다. 내의 위에 조끼를 입었고, 회색의 긴 머리칼을 실로 묶어 등 뒤로 넘겼다. 남자가 다가오는 동안 슬리퍼가 느린 리듬으로 바닥을 쳤다. 요한이 든 우산 위로 부딪치는 부드러운 패턴의 빗방울과 같은 리듬이었다.

남자가 한 손을 들었다.

—문 열려 있어요.

그가 일본어로 소리쳤다. 그는 계속해서 다가오더니 손수 힘겹게 출입문을 열었다.

한동안 일본어를 사용하지 않았던 요한은 대답을 하려고 쩔쩔맸다. 먼 기억 속을 떠도는 듯한 언어를 떠올려 보려고 애썼다.

—들어와요, 들어와요.

남자가 말했고, 요한은 안으로 들어섰다. 우산은 가게 바깥의 창문 옆에 놓아두었다.

빗소리가 더 이상 들리지 않았다. 혹은 멀어진 것 같았다. 이제 그는 낮게 윙윙대는 라디오와 천장의 선풍기 소리에 익숙해졌다. 국물 종류의 음식과 차 냄새를 맡을 수 있었다. 그러자 전날 이후로 아무것도 먹지 않았다는 게 생각났다. 선원들의 몫이라는 걸 염두에 두며 그들과 먹었던 소량의 식사가 마지막이었다. 갑작스럽게 허기가 밀려들었다.

하지만 그는 가만히 있었다. 가게 앞쪽에서 그들은 서로를 마주 보며 말없이 서 있었다. 이윽고 남자의 시선이 요한의 양복에 머물렀다. 남자가 가까이 오더니 양복 어깨의 옷감을 손가락으로 집었다.

—뭐가 문제인지 알겠어요.

재단사가 말했다.

요한은 소개장을 꺼낸 후 고개를 숙여 인사했다. 남자가 조끼 주머니에서 돋보기안경을 꺼내 썼다.

그가 소개장을 읽는 동안 요한은 그의 얼굴을 살펴보았다. 차분한 눈, 두툼한 입술, 태양 아래에서 세월을 보낸 늙고 검은 피부.

그가 바로 기요시였다. 인내와 건실함이 깃든 얼굴 표정은 요한이 앞으로 수년에 걸쳐 익숙해지게 될 것이었다.

재단사가 소개장을 접어 돋보기안경과 함께 조끼 주머니에 넣었다. 그는 담배에 불을 붙였다. 그가 요한의 손을 잡았다. 기요시의 손가락은 따뜻하고 거칠었다.

—환영합니다.

그는 계속해서 일본어로 말했다.

그가 배낭을 들어 올리려고 손을 뻗었다가 마음을 바꿔 요한의 어깨를 두드리며 따라오라고 손짓했다.

그들은 가겟방 뒤편으로 향했고 커튼을 지나서 부엌으로 들어갔다. 찻주전자와 수프 냄비가 난로 위에 놓여 있었다. 부엌 너머로 문이 약간 열려 있어서 작은 방의 모퉁이가 보였다. 침실용 탁자, 책등, 슬리퍼, 재떨이, 포로수용소의 야전병원을 떠올리게 하는 간이침대의 모서리, 방바닥까지 닿는 어스레한 아침 햇살.

하지만 두 사람은 그곳으로 가지 않았다. 그들은 돌아섰고 발을 디딜 때마다 삐걱대는 좁은 계단을 따라 위쪽으로 올라갔다. 그들은 천천히 걸었다. 난간을 잡은 기요시가 앞장섰고 그의 담배 연기가 느리게 소용돌이치며 여명을 향해 솟아올랐다.

포로수용소에는 전기가 없었지만 군사 기지에는 있었다. 밤이 되고 어두워져서 건물이 보이지 않게 되면 담장 너머로 전등 빛줄기가 나타났고, 사각형 모양의 그 빛줄기는 날마다 밤하늘에서 빛났다. 천막 아래의 간이침대에서 죽어 가던 사람들은 의사들이 랜턴을 들고 회진하는 동안 마치 다른 뭔가가 나타나길 기다리는 것처럼 저 먼 곳을 골똘히 바라다보았다. 막사에 있었던 요한은 아버지의 외투를 입고 불 켜진 무대와 배우들의 긴 그림자를 보았던 고향마을의 밤을 생각했다.

가게의 2층에 짧은 길이의 복도로 연결된 작은 방 두 개가 있었다. 하나는 창고로 사용되고 있었다. 재단사가 다른 방으로 요한을 데려갔고 방문 옆에서 멈춰 섰다.

그 방은 가게 바로 위쪽에 있었다. 천장이 기울어서 한쪽 벽이 다른 쪽 벽보다 더 높았다. 하나뿐인 창문은 거리를 향해 나 있었다. 안쪽 구석에 매트리스가 깔려 있었다. 방문 가까이의 높은 벽을 따라서 옷장, 의자, 작은 책상이 놓여 있었다. 여기에도 천장에 전구가 달려 있었다. 그게 다였다.

그제야 그는 가게 안으로 들어선 후 지금까지 쭉 침묵을 지켰다는 게 생각났다. 하지만 그가 뭔가 말하기 전에 기요시가 먼저 자리를 떴다. 노인이 계단을 내려가는 소리가 들렸다. 그는 방을 가로질러서 매트리스 옆에 배낭을 내려놓고 창문을 열었다.

이곳에서는 마을의 언덕길 옥상에 들러붙은 깨진 유리들을 볼 수 있었다. 드문드문 솟은 텔레비전 안테나, 빨랫줄에 앉은 새들, 비에 흠뻑 젖고 색이 바랜 옷들. 저 멀리 항구에 정박된 배들과 이곳까지 오면서 거쳤던 구불구불한 도로들이 있었다. 비에 젖은 조약돌, 그리고 상점과 레스토랑의 축축한 차양들.

자전거를 탄 소녀가 되돌아왔다. 그는 창문 밖으로 몸을 내밀고 소녀가 다가오는 것을 지켜보았다. 도로 건너편에 아파트 건물이 있었다. 그 옆으로 상점 두 곳, 즉 빵집과 과자 가게가 있었다. 소녀는 어깨에 멘 가방에 계속해서 손을 집어넣었고 신문을 던졌다. 그는 신문이 문에 부딪치는 소리와 자전거 바퀴에서 빗방울이 튕겨 나가는 소리에 귀를 기울였다.

잠시 후 기요시가 바깥으로 나가 신문을 집어 들었고 파란색 우산도 집었다. 한 무리의 소년들이 고무공을 차며 빗속을 달려갔다. 밝은색 숄로 머리를 감싼 늙은 여자가 약국의 차양 아래에서 누군가를 기다렸다.

그는 양복 상의를 벗었다. 창문에서 멀어져 전구 아래에 서서 위쪽을 살펴보았다. 스위치를 켜자 전구가 깜박거리기 시작했다. 그는 스위치를 껐다. 손을 뻗어 전구의 소켓을 단단히 조였고 한 번 더 조였다. 그런 다음 매트리스 위에 앉았다. 매트리스는 딱딱했고 모서리가 찢겨 있었다. 그의 셔츠에서 바닷물과 생선 냄새가 났다. 아니면 피부나 머리칼에서 나는 냄새일지도 몰랐다.

다시 피로가 몰려오자 그는 침대에 누웠다. 눈을 감았다. 열린 창문으로 빗소리와 사람들 목소리와 자동차 소리, 그리고 배의 경적소리를 들을 수 있었다. 단 한 번 울린 교회 종소리. 문 열리는 소리. 라디오의 노랫소리. 재봉틀의 규칙적인 박음질 소리. 그는 비행기 소리와 트럭에서 흩날리는 먼지 소리와 천막에 부딪치는 바람 소리를 들었다. 하지만 그 소리는 희미하게 멀어지고 고요해져서 신경이 쓰이지 않았다. 그는 자전거를 타고 있었다. 등허리에 얹히는 손이 느껴졌다. 낯익은 누군가가 그에게 말했고 그가 대답했다.

—좀 더 갈 수 있어요.

그리고 그는 삽을 들어 올려 땅을 팠다. 한 무리의 아이들이 휘파람을 불었고 손뼉을 쳤다. 그런 후에 그는 한 소녀의 머리칼을 손으로 쓸어내렸고 그녀는 그의 손목을 잡았다. 그들은 복도를 지나갔는데 천장에 드레스가 줄지어 매달려 있었다. 드레스들이 바다로 변했다.

그가 깨어났을 때 날이 저물어 있었다. 마을의 불빛이 방 안으로 비쳐 들었고 가구의 그림자가 드리워져 있었다. 저쪽 구석, 방문 옆에서, 한 남자가 그를 바라보며 의자에 앉아 있었다.

요한은 깜짝 놀라서 얼어붙었다. 그런 후에 두 눈이 방 안에 익숙해졌고 그것이 자신의 양복 상의라는 걸 알아챘다. 그걸 거기 두었다는 걸 그는 기억하지 못했다. 수프 냄새를 맡으며 그는 몸을 일으켰다. 책상 위에 놓인 수프는 아직 따뜻했다. 그 옆으로 재떨이와 담배 한 갑이 놓여 있었다.

가게의 형광등이 깜박거리기 시작했고 실내가 밝게 빛났다가 다시 어둑해졌다. 그는 뒤쪽 벽에서 자신의 그림자가 나타났다가 사라지는 걸 시켜보았다. 방 안은 따스함으로 가득 찼다. 미풍이 불어와서 그는 셔츠를 벗었다.

그는 아직 이 나라의 더위에 익숙해지지 않았다. 지금은 여름이었다. 지금 이 순간과 앞으로 다가올 순간 이 세계의 구석구석에 다른 계절이 존재하는 것일까 하고 그는 생각했다. 만약 재빨리 그리고 멀리 여행한다면, 단 한 번의 여행으로 일 년이 지나가는 걸 목격할 수 있지 않을까 하고 생각했다.

도로 건너편 2층의 발코니에서 한 여자가 아래를 내려다보며 서 있었다. 옅은 색 드레스 아래로 가느다란 두 팔이 보였고, 어깨 아래로 검은 머리가 길게 늘어뜨려져 있었다. 오토바이 한 대가 엔진을 끄지 않은 채 그녀의 바로 아래에 멈춰 있었다. 남자가 위를 올려다보았다. 그들은 요한이 아직 알지 못하지만 앞으로 배우게 될 언어로 대화를 나누었다. 그는 부드러운 억양에 집중하면서 선원들이 그에게 가르쳐 준 단어와 문구를 다시 기억해 내려고 애썼다.

그런 후에 그는 주변 풍경을 훑어보면서 감상했다.

그는 어떤 생물의 오래된 껍데기를 닮은 이 언덕 마을의 거리와 건물에 대해 배우게 될 것이었다. 그리고 마을로 거처를 옮긴 사람들에 대해 알게 될 것이었다.

그가 양복 상의를 들어 올리고 어깨와 소매를 살폈다. 그는 양복을 입어 보았다. 양복은 더 이상 헐렁하지 않았다. 어깨가 수선되었고 소매도 마찬가지였다.

등대의 빛줄기가 항구 곳곳을 비추며 지나갔다. 별들이 바다에 떠 있었다. 수백만 개의 별들이 바다의 수면에 비쳤다. 비가 그쳐 있었다.

2

그날부터 요한은 아침 일찍 일어났다. 기요시는 찻물을 끓이며 주방에서 그를 기다렸다. 그런 후에 그들은 컵과 찻주전자를 들고 커튼을 지나서 가게로 갔다.

재단사가 양쪽 벽면에 각각 작업대를 배치해서 두 사람은 서로를 등지고 작업할 수 있게 되었다. 포로수용소에서 요한은 수동식 손잡이가 달린 재봉틀을 사용했었다. 가게의 재봉틀에는 발판이 있었고 처음에 그는 발의 움직임에 익숙해지지 않았다.

기요시가 그에게 연습용 옷감을 주었다. 처음 며칠은 낯선 리듬에 몸을 적응하면서 보냈다. 양손으로 옷감을 잡고 앞으로 밀면서 계속해서 발을 움직였다. 가끔씩 기요시가 그의 뒤편에 서서 어깨 너머로 내려다보았지만 요한은 올려다보지 않았다.

그의 맞은편 벽 선반에는 황갈색 종이와 노끈으로 포장된 꾸러미들이 있었다. 출입문의 종이 울리고 고객이 안으로 들어서면 재단사는 꾸러미 하나를 집어서 자신의 작업대 위에 올려놓았다. 그들은 잠시 환담을 나누었고 그런 후에 기요시는 고객에게 꾸러미를 건넸다.

꾸러미에 라벨이 붙어 있지 않다는 걸 요한은 나중에야 알게 되었다. 누가 어떤 옷을 입는지 아는 재단사의 기억력이 그에게 깊은 인상을 남겼다.

그들은 마을 안 일본인 공동체의 외곽에 살았다. 고객의 대부분은 마을 이웃과 도쿄에서 파견된 외교관들이었다. 그들은 계절마다 양복을 주문하거나 오래된 양복을 수선하고 늘리기 위해 가게를 찾았다.

이따금 마을의 다른 구역에 사는 남자가 요금에 매력을 느껴서 가게에 나타나기도 했는데 변호사나 지주 또는 관공서에서 근무하는 이들이었다. 그들은 입을 다물고 있는 것에 익숙지 않아서 자주 말을 걸었고, 요한은 이해할 수 없어서 침묵을 지켰다. 재단사가 치수를 재는 동안 요한은 겨우 몇 마디만 알아들을 수 있었다.

그는 항상 옆에 서 있었다. 목에 줄자를 늘어뜨리고 셔츠 주머니에는 연필과 메모지가 들어 있었다. 때때로 어린아이들이 창문에 이마를 누르고 가게 안을 지켜보았다. 아이들은 얼굴을 찌푸렸다가 손을 흔들었고 요한도 손을 흔들어 주었다.

어떤 날에는 농부들이 셔츠나 바지를 수선해 달라고 기요시에게 부탁한 후에 요금을 곡식과 채소로 지불하기도 했다. 드레스를 맞추러 온 아내들도 있었고, 요한을 처음 만났을 때 이렇게 말하는 여자들도 있었다.

—어머나 세상에, 이 사람을 어디서 찾아냈어요?

그런 후에 여자들은 그에게 추근댔고 양팔을 들어 올리고 허리를 숙이며 그가 치수를 잴 수 있느냐고 물었다.

여자들의 담배에 불을 붙이며 기요시가 통역을 하고 웃음을 터트리면 그는 얼굴을 붉혔다. 휘어진 코와 콧날을 가로질러 난 가느다란 흉터에 대해 물었을 때 요한이 대답하지 않았기 때문에 여자들은 그를 더욱 좋아했다.

두 사람이 항상 가게 안에만 있었던 건 아니었다. 한 계절에 두 번씩 옷감과 비단을 실은 배가 일본에서 도착할 때면 재단사는 그를 데리고 항구로 갔다. 어떤 날에 그는 자신을 이곳에 데려다준 선원들을 발견하기도 했는데 그들을 볼 수 있어서 기뻤다. 나이 든 선원이 우산에 대해 물어보면서 씩 웃었다. 요한은 여전히 그걸 갖고 있고 사용하고 있었다. 여성용 우산이었다고 그가 말하자 선원이 웃음을 터트렸다.

선원들이 짐수레에 옷감을 실은 후에 작별 인사를 했다. 요한은 조약돌이 깔린 도로에서 짐수레를 밀며 언덕 위로 향했다. 기요시는 그의 뒤를 따라 걷다가 때때로 걸음을 멈추고 상점 유리창의 진열품들을 바라보았다.

재단사는 마을 곳곳에 옷을 배달하기도 했다. 하지만 몇 달이 지나는 동안 서서히 배달 일을 줄였다. 요한이 그의 일을 대신했다. 수선된 셔츠와 새

드레스와 양복, 심지어 작업이 필요한 장갑이나 모자를 황갈색 종이와 노끈으로 따로따로 포장해서 들고 다녔다.

가게에 자전거가 있었지만 요한은 한 번도 사용한 적이 없었다. 대신에 그는 좁은 도로와 골목길을 걸어 다녔다. 행인들이 지나가도록 비켜서고, 문에 적힌 숫자를 찾고, 손에 쥔 쪽지의 단어와 일치하는지 확인하려고 거리의 표지판을 올려다보며 그는 자주 걸음을 멈췄다.

처음에 그는 일본인 공동체의 경계선 안에만 머물렀다. 그러는 동안 매일매일 이웃 사람과 동네 인근의 사람들을 알게 되었다. 그러다가 몇 달이 지나고 기력이 회복되었을 때 그는 마을 안쪽의 더 먼 곳까지 찾아가기 시작했다. 그는 차츰 이 동네 저 동네 돌아다니며 기요시가 처음 도착했을 때부터 알고 지내 온 나이 든 고객들에게 옷을 배달했다.

그는 한 번도 본 적 없는 건축물 앞을 지나쳤다. 정문이 딸린 저택, 분수, 정원 안의 조각상들. 그에게 친숙한 것들도 있었다. 단층집, 벽돌 벽으로 둘러쳐진 누군가의 사유재산, 시장의 광장.

아파트 건물의 입구에 서서 그는 노크를 해야 할지 초인종을 눌러야 할지 망설였다. 구불구불한 계단을 올라간 후에는 좁은 창문 너머의 바깥을 내다보기 위해 매번 층계참에서 멈춰 섰다. 은퇴한 포르투갈 대사관 직원이 요금을 치르기 위해 서랍을 뒤적이는 동안 그는 초조함을 숨기며 양손을 주머니에 넣고 현관에서 기다렸다.

한 달에 한 번 그는 미망인과 차를 마셨다. 30분 동안 그는 값비싼 가구가 놓인 거실에 앉아서 그녀가 말을 하면 고개를 끄덕였고, 그녀가 말한 내용을 알아들으려 애쓰며 이해하는 척했다.

이런 집을 방문할 때 그는 조심스럽게 방 안을 둘러보았고, 청결한 창문들을 힐끗거렸다가, 그림이나 애완동물에게로 시선을 고정했다. 책장 위의 고양이, 우리 안의 새, 탁자 아래에 누워 주방에서 가정부가 하는 말을 들으며 이따금 귀를 쫑긋거리는 한 쌍의 개. 선반이나 수납장에 화병이나 오목한 그릇 같은 도자기가 있으면 그는 좀 더 시간을 들여 디자인을 살펴본 후에 자리를 떴다.

그는 교회에도 옷을 배달했다. 교회는 언덕 마을

의 가장 높은 건물이었고, 산등성이에 가장 가까웠으며, 도로가 끝나고 들판이 시작되는 곳에 있었다. 교회 관리인이 뒤편에서 나타날 때까지 그는 정문 옆에서 기다렸다. 관리인은 공동묘지에서 멀지 않은 작은 집에서 살았다.

마을에서 관리인은 페이쉬*라고 불렸는데 가족 모두가 어부였기 때문이었다. 가족 중에 살아 있는 사람은 없었다. 그는 가족 중에서 낚시를 해 본 적도, 물에 들어가 본 적도 없는 유일한 사람이었다.

페이쉬는 어렸을 때 소아마비를 앓았다. 한때 기요시의 고객이었던 그의 어머니는 교회에서 자원봉사를 했다. 그래서 그는 어머니를 따라다니고, 예배실 신도석 아래로 몸을 숨기면서 교회에서 수많은 나날을 보냈다.

그는 지팡이를 짚고 걸었는데 동작에 느릿한 우아함이 있었다. 그는 쉽사리 웃었다. 서른두 살이 된 그는 평생 동안 이곳에서 살았다. 머리칼은 짙은 색이었고, 재단사처럼 셔츠 주머니에 돋보기안경을

---

* 포르투갈어로 페이쉬(Peixe)는 '물고기'를 의미한다.-역주

넣어 다녔다.

그들은 악수했고 늘 그랬듯이 페이쉬는 안으로 들어오라고 권했다. 요한은 미소 지으며 고개 숙여 인사했고, 도로 아래로 다시 돌아갔다.

마을 사람들은 이제 재단사가 아니라 그의 젊은 견습생이 오리라고 예상했다. 사람들은 애정과 호기심을 담아 그를 부르기 시작했다. 때때로 그는 팁을 받았다. 그가 기요시에게 팁을 건네주자 기요시는 고개를 흔들며 요한의 손을 밀어냈다.

그는 어느 오후에 골목길에서 발견한 양철 상자 안에 돈을 보관했다. 앞치마를 입은 여성이 제빵용 쟁반을 든 그림이 새겨져 있었다. 어머니, 일 거라고 그는 추측했다. 머리에 파란색 리본을 둘렀고 그림 위편에 영어 문구가 적혀 있었다. 이따금 침실에서, 그는 책상 위로 몸을 기울여 상자 뚜껑을 열었고, 예전에 그 안에 담겼던 쿠키의 냄새를 맡아 보았다.

그는 골목길에서 많은 것을 찾아냈다. 컵, 주머니칼, 면도용 솔, 새 손수건이 담긴 상자. 좁은 거리에서 그는 자주 걸음을 멈췄다. 어렸을 때 그는 강박

적으로 마을을 뒤지고 다녔는데 마을을 찾아온 행상인들에게 건넬 물건을 찾기 위해서였다. 그는 행상인들이 끄는 수레바퀴 위로 올라가 신발 끈, 공, 칼을 찾으며 보물들을 내려다보았다.

하지만 바로 그 골목길에서 때때로 그는 벽에 기댄 채 자신이 어디에 있는지 알지 못했다. 그의 양손은 마치 무언가를 찢는 것처럼 허우적댔다. 두 눈은 초점을 잃고 아득해졌다.

그런 순간은 오래가지 않았다. 마치 세상이 금이 가고 갈라져 그 틈새로 잊었던 기억이 드러나는 것 같았다. 그 작은 별들. 폐허가 된 마을을 지나갈 때 빈 창틀에 앉아 있었던 소녀. 이가 사라진 시커먼 입안을 보이며 소녀가 어떤 식으로 배 꼬투리의 먼지를 닦아 냈는지. 소녀가 앉아 있던 창틀 아래의 도로에 놓인 남성용 모자와 지팡이. 펭은 그것들을 집어서 모자를 머리에 얹고 지팡이를 빙빙 돌렸다. 펭이 요한에게 자신의 소총을 건넸다. 그런 다음에 입술에 진흙을 바르며 눈썹을 찌푸렸고, 소녀에게 손을 흔들었다. 그들이 이름을 들어 본 적 있는 찰리 채플린이라는 웃긴 남자처럼 그는 무릎을 구부리지 않은 채 뒤뚱거리며 도로를 건넜다.

그는 펭과 함께했던 그 시절을 생각했다. 비바람에 변색된 두 사람의 군복과 철모, 신문과 짚을 채워 넣은 군화들. 오랜 친구였던 펭은 그보다 나이가 세 살 많았고 키도 더 컸다. 어렸을 때부터 펭은, 마치 어떤 동물의 표식처럼, 특이하고 가느다란 회색 줄무늬 머리칼이 있었다. 전쟁통이었는데도 그는 여전히 무용수처럼 몸을 움직이며 언덕을 가로질렀다. 빗줄기를 무시하면서 날렵하고 침착했다. 요한은 항상 펭의 뒤에 바짝 붙어 다녔고, 그의 어깨선을 놓치는 일이 한 번도 없었다.

그는 그들이 함께 보았던 남자들과 여자들을 떠올렸다. 시골 마을을 떠돌아다니는 사람들이었는데 때로는 느릿느릿 움직이는 개나 노새 같은 동물을 데리고 다녔다. 심지어 회색빛의 새 한 마리를 손수건에 싸서 데리고 다니는 늙은 남자도 있었다. 폭격으로 상처를 입은 새였다. 휴식을 취하던 그들 바로 옆 도로에 앉아 있던 그 남자를 요한은 기억했다. 남자는 누군가 도로에 떨어뜨린 호두알을 씹으면서 조심스럽게 손수건을 펼쳤다. 그런 후에는 씹은 호두를 손가락에 올려놓고 윙윙대기만 할 뿐 날지 못하는 그 새에게 먹이로 주었다. 남자가 새의 가슴에 손을 얹어도 된다고 요한에게 허락했고 그 부드러운 맥박에 그는 깜짝 놀랐다.

그곳의 전쟁이 정말로 끝났던 것일까 하고 그는 궁금해했다. 그는 알지 못했다. 아무도 그에게 사실을 말해주지 않았다. 라디오 방송의 뉴스가 있었지만 기요시는 절대로 듣지 않았고 대신에 오케스트라 연주를 들려주는 방송국을 선호했다.

그리고 그는 이곳에서 발발한 전쟁에 대해서 생각했고 아는 바가 없었기 때문에 차츰 부끄러워졌다. 사람들은 이런 일들에 대해 언급하지 않았다. 이 전쟁 이전에 발발한 전쟁에 대해서도 말하지 않았다. 재단사가 그 전쟁에 참전했는지 아닌지 그는 알지 못했다. 기요시와 양복점은 항상 이 자리에 있었던 것만 같았다.

두 사람은 종종 함께 시간을 보냈지만, 재단사가 요한과 공유하는 건 거의 없었다. 요한 역시 재단사에게 자신의 지난날에 대해 말하지 않았다. 하지만 이러한 말의 부재 속에서 그는 편안함을 느꼈다.

노인의 손가락이 무얼 가리키는지, 눈길이 어디에 머무는지를 보고 그는 재단사에 대해 알게 되었다. 무엇을 어떻게 먹는지와 옷감에 대한 지식, 그리고 특정한 보행자들은 피하고 다른 이들에게는 미소를 짓는 방식을 통해서도.

그들의 과묵 속에서 일종의 친밀감이 자라났다. 어깨를 웅크리고 바지 밑단을 감침질하거나 셔츠 단추를 갈아 끼우는 기요시의 모습을 가게 쇼윈도를 통해 온종일 볼 수 있었다. 그리고 그의 맞은편에서 요한 역시 일하고 있었다.

한번은 기요시가 뒤를 돌아보지도 않고 그날 무엇을 찾았느냐고 물었고 요한은 깜짝 놀라 동작을 멈췄다. 그는 누군가 골목에 내다 버렸던 컵을 상의 주머니에서 꺼냈다. 기요시가 그것을 살펴보려고 불빛 아래에 섰다.

—아.

그가 말했다.

—좋아.

그리고는 그걸 되돌려 주었다.

그 외에 다른 말은 하지 않았다. 그들은 계속해서

바느질을 했고 옷감을 꿰매었다.

나중에 두 사람은 함께 가게 문을 닫았다. 그날의 거래 내역을 같이 살펴보았고, 다음 날 아침에 해외에서 화물이 도착할 거라고 서로에게 상기시켜 주었다. 그들은 재봉틀 옆에서 식사를 했고, 차를 마셨고, 라디오 방송의 오케스트라 연주를 들었다. 그러다가 재단사는 의자에서 스르르 잠이 들었다.

노인이 자는 동안 요한은 계속해서 선반의 옷감을 정리하고, 실패에 실을 감고, 가위와 바늘을 다시 상자에 가져다 놓았다. 그는 라디오의 볼륨을 낮췄다.

그가 마네킹으로 가까이 가서 몸을 숙였고, 가슴의 모양, 잘린 팔과 머리의 납작한 부분을 꼼꼼히 살폈다. 실제 사람을 모델로 한 것일까 하는 궁금증이 일었다. 거리의 가로등과 가게 간판의 불빛이 닫힌 덧문을 환하게 비추었다.

그의 하루하루가 이렇게 흘러갔다. 그는 마을을 돌아다니는 법을 알게 되었다. 거리와 상점에서 사람들의 말소리를 듣고 라디오 방송의 광고를 들으며 언어를 배우기 시작했다.

때때로, 함께 일할 때, 기요시는 큰 목소리로 포르투갈어 단어를 발음해서 그를 놀라게 했다. 요한은 그 단어를 따라 했다. *Alteração. Medir. Roupa.* (수선. 치수를 재다. 옷감)

그런 후에, 늦은 저녁이 되어 이 층 방에 혼자 있을 때, 요한은 매트리스에 누워서 소리를 냈다. 마치 돌이라도 되는 것처럼 입속의 단어나 문구를 이리저리 굴렸다. *Dois. Sopa. Noite. A loja está fechada. A loja está fechada. Noite. Dois. Janela.* (둘. 국. 밤. 가게가 닫힙니다. 가게가 닫힙니다. 밤. 둘. 창문.)

머리 아래로 양손을 받치고 빗물로 얼룩진 천장을 올려다보며 그는 자신의 목소리에 귀를 기울였다. 스스로에게 낯설게 들리는 그 새로운 언어의 리듬을 찾으려 했다. 그는 혀끝을 앞니 뒤편에 댄 채 잠이 들었다.

다른 날 밤에 그와 기요시는 가게 문을 닫고 의자를 챙겨 옥상으로 올라가 와인 한 병을 나누어 마셨다. 그들은 언덕 마을을 내려다보았고 거리의 움직임과 아파트 건물의 창문 안쪽을 바라보았다. 흔들의자에 앉아 있는 남자, 그들을 빤히 바라보는 아이, 침실 천장의 선풍기 아래에서 안도하며 춤을 추는 커플.

마을에는 종종 정전이 일어났다. 그런 날 밤이면 그들은 옥상의 어둠 속에 앉아 있었다. 멀리서 들리는 트럼펫이나 기타 연주 혹은 자전거 바퀴에 박힌 게임용 카드의 탁탁거리는 소리가 그들과 함께 있었다.

두 눈이 어둠에 적응하고 창문에서 촛불이 나타날 때까지 그들은 기다렸다. 그런 후에는 게임을 하면서 하루의 마지막 시간을 보냈다. 재단사는 한 손을 들어 귀에 대거나 뭔가를 가리켰다. 요한은 자신들이 무엇을 듣고 있는지 혹은 보고 있는지, 포르투갈어로 표현해 보려고 애썼다.

언젠가는 거리에서 누군가의 노랫소리가 들렸다. 생일 축하 노래였다. 그들은 노래가 끝나기를 기다렸다. 그런 후에 와인을 마시던 기요시가 그에게 생일이 언제냐고 물었다. 요한은 기억나지 않는다고 솔직하게 털어놓았다.

그다음 주에 잠에서 깬 그는 방문에 걸린 옷가방

을 보았다. 그가 가방을 열었다. 새 양복이었고, 가벼운 면 소재에 모래빛 색깔이었다. 메모장에는 일본어로 이렇게 적혀 있었다. *또 다른 한 해를 위하여.*

양복은 그에게 꼭 맞았다. 그날이 가게에 처음 도착한 날이라는 걸 그는 늦은 오후가 되어서야 깨달았다.

그래서 그는 한 해가 다른 해로 바뀌는 때가 바로 그날이라고 생각하기 시작했다. 기요시 역시 그런 것 같았다. 그는 해마다 옷 한 벌을 지어서 요한의 침실에 놓아두었다. 새 바지나 셔츠, 때로는 둘 다였다. 지금으로부터 몇 년 후, 기요시가 세상을 떠나고 오랜 시간이 흐른 후에도, 그는 같은 옷을 입고 있을 것이었다. 저녁이면 작업대 옆에 앉아서 깃과 셔츠 소맷단의 찢어진 부분을 직접 수선하고 있을 것이었다. 노인이 정확히 언제 그 옷들을 지었는지 그는 결국 알아내지 못했다.

3

그들은 수백 명이었다.

여름이면 남아 있는 여분의 단체복을 입었다. 겨울에는 회색 스웨터와 외투가 지급되었다.

그들에게는 잡일과 의무가 주어졌다. 포로가 된 후에 살아남지 못한 사람들의 시신을 나르기 위해 야영지로 가야만 했다. 가위 소리와 컵과 그릇과 단지에 담긴 액체에 둘러싸여 있던 시간들. 파리들의 분주한 움직임. 총상을 치료받지 못한 남자들은 줄을 서서 기다리는 동안 똑바로 서 있으려고 부단히 애썼다. 트럭 뒤 칸에 남자들이 누워 있었고, 오후에 내린 빗물이 그들의 입안에 가득 차 있었다.

그들은 다른 막사가 있는 수용소 외곽의 낡은 방직공장으로 이송되었다. 침대가 필요했기 때문에 가능한 한 빨리 죽은 사람을 치우라는 지시를 받았다. 재사용하게 될 죽은 사람의 옷들도, 담요와 같이 가져오라고 지시를 받았다. 야외의 커다란 솥에 그것들을 넣고 손잡이가 부러진 빗자루로 휘저으며 끓였다. 그들은 매트리스의 핏자국을 닦아 냈다. 나무와 나무를 연결해서 밧줄을 매고 빨래를 널었다.

그들은 미국인들이 경작하다 만 텃밭에서 뿌리채소를 캤다. 감자와 당근과 무와 순무를 요리사들에게 가져다주었다.

모두 온종일 말없이 일했고 이따금 멈춰서 쉬었다. 그들은 밤이 늦도록 일했다. 먼 거리였지만 요한은 커튼에 비친 불빛이 만들어 낸 한 쌍의 실루엣을 볼 수 있었다. 그들의 몸체는 숲에 있는 나무 크기였다. 간이침대 위의 뒤틀린 팔다리가 형상에 따라 움직였고, 구부러졌다가, 흔들렸다가, 조용히 멈췄다.

그 첫 주에 그는 날마다 구토했다.

그리고 매일 공터에 서서 눈에 붕대를 감은 펭이

양손을 뻗고 통로를 걷는 모습을 지켜보았다. 펭은 경비병이 안내하는 대로 포로수용소의 지리를 익히고 있었다.

그는 어린 시절의 일부분이었던 이 청년을 전쟁 때 다시 만났다.

어느 겨울 저녁, 남쪽으로 향하는 기차 안에서, 그의 얼굴은 다른 사람들과 마찬가지로 지쳐 있었고 구별할 수 없었다. 그의 눈은 다른 모든 이들의 눈과 똑같았다. 그들의 어깨가 부딪쳤다. 그러자 그가 군모를 벗었고 회색 줄무늬 머리칼이 달빛에 비쳤다.

마치 따뜻한 불의 온기라도 되는 것처럼 요한은 그것을 향해 손을 뻗을 뻔했다. 한 소년에 대한 기억이 되살아났다. 마차를 타고 마을에 나타나 시장통에서 요술을 부리던 소년이었다. 나이 든 사람들은 소년의 머리에 손바닥을 대고 행운을 빌었다.

어렸을 때 둘은 기껏해야 일 년에 몇 번 만났다. 그날 그 순간까지 서로에 대해 생각해 본 적도 없었다. 하지만 그날 밤, 그 기차 안에서, 그들은 격렬하게 서로를 껴안았고, 꽉 붙잡고 서로를 놓지 않았으며, 웃음을 터트려서, 다른 남자들의 잠을 깨웠다. 그들의 다리가 기차 바깥의 허공으로 흔들거려서 하마터면 소총을 잃을 뻔했다.

이 짧은 순간의 연결. 함께 간직한 추억의 경이가 되살아났다. 한때는 그들의 편이었던 장소와 이미 거쳐 온 지난 삶.

일 년이 지나 이제 그 회색 줄무늬는 사라졌고 그들은 머리를 삭발했다. 그리고 마을과 시장통은 이전보다 훨씬 더 멀어졌다. 눈에 붕대를 감은 펭은 날마다 요한의 팔꿈치를 잡고 바로 옆에서 일하며 한 건물에서 다른 건물까지, 무덤에서 텃밭까지의 거리를 물었다. 그의 마음은 새로운 어둠에 차츰 익숙해졌다.

변화 없는 나날이 흘러갔다. 그들은 더 많은 포로가 도착하는 걸 지켜보았다. 더 많은 남자들이 들것을 운반하며 정문을 통과했다. 키 큰 풀잎들 사이로 그들의 다리가 가려졌고, 등을 대고 누운 부상자들이 허공에 뜬 채 들판을 가로질러 옮겨졌다. 감시탑에서 교대하는 경비병들. 가끔 들리는 헬리콥터의 굉음과 그 모든 먼지. 그들은 모두 작업하던 장소에서 위를 올려다보았고, 그 물체가 공중으로 떠오르는 걸 지켜보았다.

그들은 양철 그릇에 담긴 배급 음식을 받기 위해 줄을 섰다. 요한은 손으로 먹었는데 피부의 짠맛과 흙 맛이 느껴졌다.

그가 펭에게 음식을 먹여 주어야 할 때도 있었다. 펭은 축 늘어져서 수용소의 막사를 벗어날 수 없었고, 시력을 잃어서 자신이 어디에 있는지 혼란스러워했다. 때때로, 반쯤 잠든 상태로, 그는 자신의 가족이나 예전에 요한이 살았던 농장에 대해 또는 쇼를 시작할 시간이 되지 않았느냐고 물었다.

그는 펭의 입술이 움직이는 걸 지켜보았고 어깨와 두 발에 하루분의 피로를 느꼈다. 막사에 불이 피워졌다. 어떤 날 밤에는 산속의 불빛이 희미해질 때 노랫소리가 들리기도 했다.

그들은 옆자리에서 나란히 잠을 잤다. 그는 펭이 붕대를 긁어 대는 소리를 듣고 매시간 잠에서 깼다. 펭이 멈출 때까지 그가 부드럽게 펭의 손목을 잡았다. 어떤 날 밤에는 막사 안의 남자들도 깨어 있었다. 그는 고향과 음식에 관해 남자들이 이야기하는 걸 들었고, 굶주려서 위장이 뒤틀리는 소리를 들었다. 혹은 이해할 수 없는 누군가의 잠꼬대 소리, 문구와 소리로 이루어진 퍼즐, 그리고 미로 속에 갇힌 남자.

그는 남자들이 우는 소리를 들었고 그들이 입을 틀어막고 있다는 걸 알았다. 그는 아무것도 하지 않았다. 벽을 등지고 누운 그의 발에 누군가의 머리가 스쳤다. 그는 천장에 뚫린 구멍을 올려다보았다. 겨울이면 그곳으로 눈이 떨어져 내렸다. 언젠가는 어린아이 손바닥 크기의 눈더미가 누군가의 배에 쌓인 적도 있었다.

어떤 기억이 남겨지는 데 어떤 선택이 있었을지 그는 궁금했다. 그리고 어떤 기억이 잊히는지도.

그들이 살아남을 수 있다고, 그들 모두가 그럴 수 있다고 여겼던 순간들이 있었다.

하지만 시간이 쏜살같이 흘러서 며칠이 지났는지조차 알 수 없었던 적도 있었다. 그의 입이 점점 마비되어 미각을 잃었을 때. 그가 추위로 덜덜 떨자 펭이 붙잡아서 그의 몸을 담요로 감싸 주었을 때. 그는 경비병들의 발소리를 들었고 막사에 드리워진 그들의 그림자가 바닥과 벽 위에서 빙빙 도는 걸 지켜보았다. 느리게 돌아가는 이 회전목마는 멈추지 않을 것이었다. 그는 이마를 벽에 대고 들판의 가장자리를, 철조망 울타리를 보려고 안간힘을 썼다. 그는 노랫소리를 듣고 싶었다. 깊게 심호흡하기. 그는 펭을 붙잡고, 마치 무언가를 찾는 것처럼, 몇 올 남지 않은 그의 머리카락을 손으로 쓸어내렸다. 그는 목소리가 나오지 않을 때까지 크게 소리를 질러서 모든 사람을 잠에서 깨웠다. 그는 제자리 뛰기를 하며 최대한 다리를 높게 들어 올리거나, 미칠 듯한 에너지가 뻗치는 손가락을 바닥에 대고 현기증이 날 때까지 빙글빙글 원을 돌았다. 펭은 어둠 속으로 손을 뻗어 그를 진정시키려고 애썼다. 결국 경비병들이 그를 밖으로 끌고 나가 구타했다. 공터에 쓰러진 그는 몸을 일으킬 수 없었고 주위를 둘러싼 전등 불빛이 그의 몸을 비추었다. 그가 눈을 떴다. 두 개의 무기가 자신을 겨누고 있는 그 짧은 순간에 그는 별을 올려다보며 예상치 못한 기쁨을 느꼈다.

겨울에는 부상자들이 방직공장으로 이송되었다. 깨진 창문은 나무와 담요로 가려졌다. 오랫동안 방치된 탁자와 방직기가 작업장에 있었다. 이동식 재봉틀은 서랍장에서 찾아냈다.

이제 침대의 바다가 되었다. 높다란 서까래에 둥지를 튼 새들. 약이 담긴 컵이 회복기 환자들의 손과 손을 거쳐 맨 구석에 누운 소년에게 전달되었다. 움직임 없이 누워 있던 소년은 옆으로 고개를 돌려 허공에서 느릿느릿 움직이는 팔들의 행진을 지켜보았다. 성에 낀 유리창 너머의 햇빛 속에서 잠 못 이루는 손이 그린 해독할 수 없는 그림들이 겹겹이 드러났다.

그들은 한 줄로 서서 의사가 건강 상태, 치아, 눈을 검사하기를 기다렸다. 그들은 온종일 눈을 치웠다. 펭의 상처 주변에 피부 감염이 시작되었다. 의사가 펭에게 알약을 먹이고 붕대를 풀어 주는 걸 요한은 지켜보았다.

그가 펭의 얼굴을 씻기고 있을 때 새 한 마리가 날아와 내려앉았다. 새는 침대 위를 낮게 날며 흩어진 머리칼을 모으고 있었다. 웃음소리가 들려왔다.

그는 펭이 고개를 기울이며 더욱 경계하는 걸 보았다. 새는 빙빙 돌다가 방향을 틀었다. 새가 펭을 스쳐 날아가며 귀 옆에서 갑작스럽게 움직이는 동안 펭은 꼼짝 못 하고 얼어붙어 있었다.

그해 겨울에 펭은 서서히 기력을 잃어 갔다. 그는 주저하며 몸을 움직였고, 방향감각을 잃었으며, 건물의 위치를 잊어버렸다. 대답하는 데 시간이 걸리는 때도 있었다.

펭은 자신이 보았던 모든 장소와 공연했던 모든 무대에 대해 요한에게 이야기하곤 했는데 추위와 굶주림을 잊기 위해서였다. 하지만 두 사람이 어린 시절을 떠올리는 순간은 점점 줄어들었다.

의사의 지시대로 그가 펭의 상처를 소독하려고 할 때였다. 젖은 천으로 얼굴을 닦아 내려 하자 펭이 그의 팔을 내리쳤다.

어느 날 요한은 사라진 그를 찾아 나섰고, 잠시 후 막사 뒤에서 웅크리고 앉은 그를 보았다. 붕대를 풀어 헤친 그는 발뒤꿈치를 앞뒤로 흔들어 댔다. 손톱으로 머리를 헤집어 파서 가느다란 핏줄기가 턱선을 따라 흘러내리고 있었다.

—여기가 가려워.

그가 말했다. 그의 숨결이 가빠졌고 요한은 손을 뻗어 그가 진정하기를 기다렸다.

어느 날 밤 잠에서 깬 그들은 땅바닥에 어깨가 짓눌려졌다. 세 남자가 체중으로 그를 짓누르는 동안 그는 펭이 발버둥 치는 걸 보았다. 누군가의 양손이 펭의 이마를 바닥에 눌렀다. 그들이 펭의 붕대를 찢었다. 그들이 시력을 잃은 그의 두 눈을 살펴보았다. 그들은 얼굴을 최대한 펭의 얼굴 가까이에 대고 바로 눈앞에서 손가락을 흔들었다. 무슨 일이 벌어지는지 이해하지 못한 펭은 경련을 일으켰다. 공포가 그의 입술로 모아졌다.

그들은 그를 발가벗겼다. 그가 숨기고 있던 약간의 음식을 찾아냈다. 그들은 모든 것을 빼앗아 갔다.

펭이 정말로 눈이 멀었는지 알아내기 위한 내기가 벌어졌었다.

경비병이 흥미가 떨어져서 그에게 여분의 옷을 가져다줄 때까지 펭은 외투 외에 아무것도 입지 않고 오전을 보냈다. 군화는 여분이 없어서 두 사람은 번갈아 가며 요한의 것을 신었다. 그는 지급된 붕대로 발을 둘둘 말았다. 나머지 붕대로는 두 눈을 감쌌다.

그날 오후에 들판을 가로지르던 펭이 걸음을 멈췄다. 그가 공장 쪽으로 고개를 내밀었다.

—난 누군가 죽기를 기다리고 있어. 죽은 사람의 군화 때문에.

그런 후에 그는 운반하던 양동이를 떨어뜨린 후 양손에 얼굴을 묻고 어깨를 들썩거렸다. 물줄기가 들판을 적시다가 얼어붙었다. 바닥을 내려다본 요한은 잠시 몸을 움직일 수 없었다. 갑작스럽게 투영된 자신들의 모습이 충격적이었다.

언젠가 한 의사가 요한의 이름을 종이에다, 연필로, 영어로 써서 건넨 적이 있었다. 하지만 철자법을 어떻게 해야 할지 그 의사는 몰랐을 것이다. 요한은 그 종이를 셔츠 주머니에 넣어 두었고, 밤이 되면 그걸 펼쳐서 난생처음 다른 언어로 적힌 자신의 이름을 바라보곤 했다. 그는 그 알파벳을 외운 후에 속으로 한 글자씩 발음해 보았다. 혀 근육을

늘이면 입 모양은 더욱 생소한 형태가 되었다.

그는 그렇게 자기 이름의 철자를 알게 되었다. 그 의사가 제 방식대로 붙인 그 알파벳을 요한은 사용해 왔다.

이제 그는 이 모든 얼굴을 기억하지 못했고 부분적으로만 떠올릴 수 있었다. 그들이 어디에 있었는지, 어떻게 부상당했는지, 그가 누구를 매장했고 누가 살아남았는지, 세월은 그들 모두를 간직할 수 없도록 했다. 이제 그들은 남겨진 자들이었다. 언젠가 한 남자가 국자에 담긴 물을 친구의 갈라진 입술로 가져가는 것을 그가 어떻게 지켜보았는지. 한겨울에 벌거벗은 어떤 남자가 사용하고 난 빨랫물의 온기로 구석에서 어떻게 몸을 씻었는지. 어느 날엔 탈출을 시도한 두 남자가 그다음 날 손목이 묶인 채 돌아왔다. 그들 중 한 명이 어떻게 경비병의 소총에 손을 뻗어 그것을 자신의 입속에 집어넣었는지.

죽은 자의 눈이 얼마나 깨끗한지.

그 마지막 해, 펭이 세상을 떠나고 오랜 시간이 흐른 후에, 요한은 옷이 담긴 바구니와 재봉틀이 있는 탁자로 보내졌다. 그의 이름을 적어 주었던 의사가 재봉틀을 사용하는 법을 알려 주었다. 그런 후에 의사는 휴식을 취하기 위해 야전 천막의 모퉁이로 향했고, 나무 의자에 앉아서 무릎에 책을 얹어 놓았다. 날이 따뜻한 밤이면 의사는 그곳에서 잠을 잤다. 교대할 인원이 충분하지 않았기 때문에 그게 더 간단했다.

요한이 가능한 한 모든 옷을 수선하고, 시도해 본 후에 다시 시작하는 동안 의사는 경비병과 부상자들도 들을 수 있도록 큰 목소리로 책을 읽었다. 얼룩진 손가락으로 의사가 페이지를 넘기면 모두가 그를 바라보았다.

그 시절, 들판의 그 거대한 천막 안에는, 오직 그의 목소리, 한결같은 바람, 파르르 떨리는 유리창, 그리고 이야기가 있었다.

II

4

가을이 되어 요한은 언덕 마을의 꼭대기에 올라갔다. 도로가 끝나는 지점에 있는 교회를 지나고 비탈진 풀밭을 가로질러 산등성이의 나무로 향했다.

그 나무는 키가 컸고 바람 부는 방향으로 몸통이 휘어 있었다. 길고 굵은 가지들이 한 방향으로 뻗어 있었다. 몇몇 가지는 땅에 거의 닿을 정도였다.

그는 언덕의 꼭대기에서 휴식을 취하며 저 멀리 있는 등대와 북쪽의 오래된 대농장 가옥을 바라보았다. 거대한 흰 파도가 절벽으로 밀려들었다. 소음을 삼킨 바람이 일정하게 불어왔다. 그는 변함없이 펼쳐지는 마을의 풍경을 지켜보았다.

이곳에서 맞이하는 두 번째 해였다. 그는 무더위와 따뜻한 계절에 익숙해졌다. 피부는 검게 탔고 근육도 다시 회복했다. 그는 짧은 머리를 유지했는데 몇 주에 한 번씩 기요시와 함께 걸어서 이발소에 갔다.

그날 아침 일찍 그는 항구가 내려다보이는 시장의 넓은 광장으로 갔다. 그는 가판대들을 지나치며 시장 통로를 걸었다. 노점상과 손님들이 물물교환하면서 대화하는 걸 들으며 알아들을 수 있는 문장들을 새겨들었다. 여전히 이해할 수 없는 문구들은 기억하고 발음을 암기해 두었는데 나중에 기요시에게 물어보기 위해서였다.

공예가와 장난감을 만들어 파는 사람들이 고리버들 의자에 앉아서 신문으로 부채질을 했다. 그들은 도자기, 인형, 태피스트리, 목재완구 동물, 다양한 크기의 장난감 배들을 층층이 전시해 놓고 팔았는데 몇몇은 조약돌만큼이나 크기가 작았다. 요한은 뱃놀이용 배 모형을 집어 들고 모양을 자세히 살펴보았다. 손바닥에 가벼움과 부드러움이 느껴졌다. 그는 뭔가 발견하기를 기대하듯이 허리를 구부리고 모형에서 움푹 들어간 부분을 들여다보았다. 각각의 배가 바다에 진수되어 저마다 다른 방향으로 나아가는 것을 상상했다. 그 배들을 따라가면 얼마나 멋질까 하고 그는 생각했다.

교회의 첨탑이 산등성이 위로 솟아올라 있었다. 문이 열리는 소리가 들리자 그는 마을을 내려다보았다. 돌담 너머로 늙은 사제가 나타났고 지팡이를 짚은 페이쉬가 그의 뒤를 따르고 있었다. 그들은 교회 뒤편의 정원 사이로 걸어갔다. 드문드문 들려오는 대화를 통해 그들이 주일예배와 저녁 식사에 관해 이야기 나눈다는 걸 알 수 있었다. 그런 후에 두 사람은 멀어졌다. 사제는 건물 안으로 돌아갔고 교회 관리인은 채소를 거두어들이기 시작했다.

페이쉬는 면바지와 낡은 셔츠, 조끼를 입고 있었다. 머리칼은 부스스했고 팔에는 바구니가 걸려 있었다. 요한이 마을에서 보낸 첫해 동안 두 사람은 겨우 몇 마디만 주고받았다.

때때로 포로수용소를 찾아와서 군인들과 물물교환을 하던 농부가 있었다. 농부는 울타리 멀리에 있는 계곡의 농가에 살았다. 요한이 이따금씩 그쪽을 바라보면 농부는 문간이나 바깥에 있거나, 창문을 닦고 있었다.

요한은 그 남자에 대해 아는 게 전혀 없었다. 결혼은 했는지, 가족이 있는지, 혹은 전쟁이 그의 삶을 어떤 식으로든 바꾸어 놓았는지 알지 못했다. 그 남자가 아직 거기 있을 거라고 그는 상상했다. 아마 수용소도 그럴 것이다. 그는 의사와 군인, 간호사들을 모두 떠올렸다. 그들은 높은 담장과 감시탑으로 둘러싸인 그 들판을 따라서 영원할 것처럼 움직이고 있었다. 그 산에 무엇이 남아 있을까, 그는 궁금해졌다.

산등성이에서 그는 한동안 페이쉬를 지켜보았다. 오후의 고요 속에서 정원의 나무들이 페이쉬에게 그림자를 드리우고 있었다.

항구에는 운송 상자들이 공중에 매달려 있었다. 새들이 그 주변을 빙빙 돌았다. 바다는 맑았다. 바다가 그를 향해 밀려왔다가 멀어졌다. 그는 지나간 시간과 이곳에서의 시간을 느꼈다. 일하고 생계를 유지하는 데 자신이 최선을 다했다고 생각했고, 그는 거기에서 만족감을 느꼈다. 앞으로의 세월이 무엇을 가져다줄지, 자신에게 어떤 종류의 삶이 남아 있을지, 그는 생각해 보았다.

바로 그때 그는 아이들을 보았다. 소년과 소녀, 두 아이였다. 그들은 마을 옆의 절벽에서 모습을 드러냈다. 이제 그들은 풀밭을 가로질러 그를 향해 다가오고 있었다.

아이들이 입은 옷은 거의 똑같았다. 둘 다 너무 큰 바지를 입고 있었다. 정강이까지 접어 올린 바짓단이 바닷물에 젖어 있었다. 단추 달린 흰색 셔츠를 입고 있었다. 소녀는 셔츠 소매를 팔꿈치까지 접어 올렸다. 소년의 소매는 팔에 걸려 있어서 마치 양손이 없는 것처럼 보였다. 소년이 소녀의 뒤를 따라갈 때 그의 엉덩이 옆에서 옅은 색의 옷감이 흔들거렸다.

소년의 머리는 짧고 검었다. 소녀의 머리는 길고 밝은색이었는데 어깨를 지나서 허리까지 닿아 있었다. 그들은 맨발이었다.

그는 아이들을 알고 있었다. 하지만 한동안 그들을 보지 못했다.

그는 바로 앞에서 속도를 늦춘 후 수줍게 다가오는 아이들을 지켜보았다. 그는 나무에 기대앉은 채 양손을 무릎 위에 얹고 있었다. 그들이 멈춰 섰다. 마치 누군가가 나타나기를 기대하듯이 소년이 요한의 어깨 너머 어딘가를 바라보았다. 소녀의 시선은 그에게 고정되어 있었지만 그 어떤 것도 담겨 있지 않았다. 날이 밝았고 바다 쪽에서 바람이 계속 불어왔다.

그가 가방을 들었다. 마치 가방을 염두에 두고 있었다는 듯 소녀가 고개를 한쪽으로 기울였고, 그런 후에 그것을 받았다. 그녀의 한 팔이 가방 속으로 사라졌고, 손길이 캔버스 가방 깊숙한 곳을 파고들었다. 다시 나타난 소녀의 손에는 그가 시장에서 샀던 롤빵, 과일, 건어물 조각이 들려 있었다.

소녀가 그에게 가방을 돌려주었다. 그런 후에, 그 나무 아래에 서서, 소년과 소녀는 먹기 시작했다. 그는 양손을 입술로 가져가고 입으로는 부지런히 음식을 씹는 둘의 모습을 지켜보았다. 언덕과 마을의 옥상을 둘러보기 시작하면서 그들은 눈빛을 진정시키고 식사를 즐겼다. 이제 아이들에게서 수줍음은 사라졌고, 대신에 편안함, 거의, 안락함 같은 것이 자리를 잡았다. 그는 자신이 이 분위기의 일부인지 아닌지 알지 못했다.

소녀가 귀 뒤로 머리칼을 쓸어 넘겼다. 그들의 옷, 머리칼, 숨결에서 풍기는 냄새를 맡을 수 있었다. 그들에게서 페인트와 해안 냄새가 났다.

음식을 다 먹은 후에 아이들은 셔츠에 손을 닦고 그를 지나쳐 갔다. 그들이 나무의 낮은 가지를 향해 손을 뻗었다. 소년이 굳은살 박인 한 발을 들어 올렸다. 소녀는 허공에 매달려 흔들거렸다. 그런 다음에 둘은 나무를 기어오르기 시작했다. 위쪽으로 더 높이 올라갈수록 그들의 몸이 행성처럼 나무 주위를 돌았고 오후의 햇빛을 차단했다.

나무의 중간쯤에서 아이들은 각자 곁가지를 하나씩 차지한 후 휴식을 취했다. 그의 바로 위쪽에서 둘의 다리가 대롱거렸다. 소년은 바다를, 소녀는 농지와 먼 산을 바라보았다. 그들은 나뭇가지 사이에 몸을 숨긴 채 앉아 있었다. 옷자락이 시야에 잡혔고, 소녀의 긴 머리칼, 발목과 발이 보였다. 둘 중 하나가 기침을 했고 그런 후에는 조용해졌다.

이제는 나뭇잎 소리만 들려왔다. 소년은 나뭇가지에 기대어 누웠고, 요한은 두 사람 바로 아래에서, 다리를 쭉 펴고 나무에 몸을 기댔다. 그는 눈을 감았다.

그는 소녀의 말소리를 들었다.

―그거 아직도 가지고 있어?

그녀는 포르투갈어로 말했다. 그가 아직 배우고 있는 언어였다. 그는 머뭇거리며 마음속으로 그녀의 질문을 되풀이했다.

그런 후에, 그녀를 쳐다보지 않고, 그가 고개를 끄덕였다.

나무 위쪽에서 웃음소리가 들려왔다. 그녀의 조용한 기쁨. 그는 미소 지었다. 바로 그 첫날, 선원이 배의 갑판을 가리키며 자신에게 우산을 건넸을 때, 그는 그들에 대해 꿈을 꾸었다고 생각하곤 했다.

그것은 그의 방 한구석에 세워져 있었다. 마지막으로 비가 내린 뒤로 오랫동안 겉면의 천이 말라 있었다.

그는 소녀의 한숨과 소년이 자세를 바꾸어 앉는 소리를 들었다.

그런 후에 그녀가 그의 이름을 말했다. 그녀는 각 음절에 시간을 들여서 느릿느릿 발음했다. 그녀는 단 한 번 말했다. 그는 그대로 눈을 감고 있었다. 그가 기억했던 그녀의 목소리, 그 음성이 연처럼 날아와서 그에게 자리를 잡았다. 그런 후에 그들은 아무 말도 하지 않았고 그 언덕에서 조금 더 머물렀다.

몇 해에 걸쳐 그들은 그의 삶에 나타났다가 사라지곤 했다.

아이들이 어디 출신인지, 이곳에서 태어났는지 아니면 다른 곳에서 왔는지 그는 알지 못했다. 그들이 며칠간 나타났다가 또 며칠간은 전혀 보이지 않는다는 것만 알고 있었다. 때때로 아이들은 일 년 내내 마을에 머물렀다. 다른 때에는 한 달 또는 한 계절 동안 머물렀다. 그들이 언제 돌아올지 혹은 돌아오기나 할지 그 누구도 알지 못했다. 하지만 그들은 항상 돌아왔다.

그는 그들이 어디로 갔는지 알지 못했다. 어느 먼 마을에 그들에 대해 알고, 그들과 익숙해지고, 자신이 지금 막 그런 것처럼 그들을 기다리는 사람들이 있을지, 그는 궁금했다.

예전에 그는 아이들이 남매 혹은 사촌일 거라고 생각했다. 둘이 항상 같이 다녔고, 아주 오랫동안 서로의 삶에 존재한 것으로 보이는 방식으로 마을 곳곳을 돌아다니기는 했지만, 그는 자신이 왜 그런 식으로 생각했는지 알지 못했다.

다른 아이들이 그랬듯이, 그들은 마을에서 거지 아이들로 알려져 있었다. 골목길에 자리를 잡고 살거나 대농장 가옥에서 멀지 않은 정착촌에서 살아가는 아이들이었다.

대부분의 마을 사람들은 그들을 무시했다. 아이들은 이런 방식을 선호했다. 아이들은 자신들의 세계가 이 도시, 부두, 이웃 사람들, 상점들로 엄연히 이루어진 공동체와는 완전히 다르다는 것을 이해했고 받아들였다.

소녀의 이름은 비아였다.

소년을 아는 사람들은 아이를 산티라고 불렀다. 소년이 교회에서 발견되었고 그곳에서 첫해를 보내는 동안 페이쉬가 보살펴 주었기 때문이었다. 교회 관리인은 소년을 담요에 싸서 등에 업고 정원에서 일했다.

이제 나이를 더 먹었고 더는 교회에서 살지 않지만 산티는 여전히 교회를 찾아왔다. 두 사람은 야외에서 밤을 보냈다. 페이쉬는 여분의 접시를 준비해서 아직도 산티의 음식을 잘게 잘라 담아 주었고, 산티는 그가 그렇게 하도록 내버려 두었다.

산티는 나이에 비해 키가 작았다. 수영을 배운 적이 한 번도 없었지만, 그는 선원이 되고 싶었다. 변함없이, 대부분의 아침이나 저녁녘에, 배가 떠나고 돌아오는 것을 지켜보는 그의 모습을 항구에서 볼 수 있었다.

산티는 아마도 여덟 살일 것이다. 비아는 아마 일곱 살이 더 많을 것이다. 자신들의 나이를 확실히 알지 못했지만, 아이들은 개의치 않는 것 같았다.

어느 날 요한은 우연히 골목길에서 그들을 만났다. 처음에 두 사람은 그늘 속으로 도망치거나 긴장한 채 서 있었다. 하지만 그들은 곧 그에게 익숙해졌고 그는 그들을 도와서 쓰레기통을 뒤졌다. 자신들이 보관하거나 다른 사람들과 물물교환할 때 필요한 물건을 찾기 위해 그들은 쓰레기 봉지를 뒤졌다. 빗, 액자, 산티가 씩 웃으며 신어 본, 너무 크지만 깨끗하고 맵시 있는 가죽 신발 한 켤레.

비아가 소년의 목에 손수건을 둘러 주었고 그는 그걸 넥타이인 양 다루었다. 여러 날 동안 소년은 그 손수건을 매고 그 신발을 신었고 스스로에게 만족하며 라디오 방송국에서 들었던 노래를 흥얼거렸다. 그는 해변을 따라 걸어서 정착촌으로 향했다.

이후에 요한이 그들을 만났을 때 두 사람의 얼굴과 팔에 멍이 들어 있었다. 소년은 맨발이었고 신발과 손수건은 사라지고 없었다. 그들은 요한과 눈을 마주치려 하지 않았고, 그 일에 대해 언급하길 원치 않았다. 둘 다 셔츠 단추가 떨어져 나가고 없었다. 기요시가 목에 긁힌 상처를 소독할 때 비아는 양손으로 머리칼을 그러모았다. 재단사가 그들의 옷을 수선하는 동안 둘은 행인들의 시선을 피하며 가게 옆 골목에서 오후 시간을 보냈다.

그들은 가게에 자주 찾아오지 않았다. 두 사람이 들를 땐 가게가 비어 있을 때였는데 기요시는 손뼉을 치며 서둘러 가겟방을 가로질러 가서 환영했다. 기요시는 음식을 가져다주었고, 깨끗한 셔츠와 아이들이 정강이까지 걷어 올리게 될 남성용 바지를 주었다. 그 옷들은 그가 만들어 둔 여벌 옷이거나 수년 전에 마을을 떠난 손님들이 두고 간 옷들이었다.

재단사는 산티의 수집품이 담긴 담배 상자를 높은 선반에 간직해 두었다. 때때로 소년은 가게 앞에 앉아서 상자를 열고 수집품들을—옷에 달 장신구, 기타 피크, 돌멩이—다시 들춰 보았다. 그러는 동안 비아는 기요시의 자전거를 타고 좁은 도로를 빙글빙글 돌았다. 보도에는 재단사가 마련해 둔 음식이 신문지에 싸여 놓여 있었다. 소년은 막대 초콜릿의 호일 포장지를 들고 비아를 뒤쫓으며 거리를 누볐다. 마치 소년의 손끝에 불이 붙은 것처럼 호일 포장지 안에 햇빛이 담겨 있었다.

언젠가 어느 오후에 산티가 찾아와서 마네킹 앞에 섰다. 요한은 차를 끓이고 있었다. 그가 커튼을 열었다. 기요시는 조금 전에 시장에 갔고, 가게에는 소년이 혼자 있었다.

산티는 입을 벌려 뭔가를 말하려고 했다. 그가 입술을 깨물었다. 그가 두 주먹을 쥐더니 발을 움직이기 시작했다. 그런 후에 쾅 하고 마네킹의 가슴을 내리쳤다. 마네킹이 삐걱거리며 받침대 위에서 흔들렸다. 소음과 마네킹의 표면에서 터져 나온 먼지가 실내를 가득 메웠다. 그런 후에 그가 다시 마네킹을 강타했다. 그리고 또 한 번. 매번 내리칠 때마다 마네킹은 더 심하게 요동쳤고, 바닥에 드리워진 그림자도 이리저리 흔들렸다. 그 둔탁한 소리와 천장을 향해 먼지를 뿜어내는 몸체.

그런 후에 그는 기진맥진해져서 마네킹의 아래쪽에서 잠이 들었다. 그는 그 공간에다 몸을 구부려 넣고 천 두루마리를 베개 삼아서 비아가 찾아낼 때까지 잠을 잤다.

산티는 다른 소년들과 싸우기 시작했다. 그들은 들판에서 혹은 골목길에서 혹은 바닷가에서 싸웠다. 음식을 차지하기 위해 또는 자신들이 찾은 물품을 두고서 서로 싸웠다. 그의 손과 얼굴에 상처와 긁힌 자국들이 생겨났다. 비아가 소년의 팔을 붙잡고 소리를 지르곤 했다. 하지만 소녀의 말이 전혀 들리지 않고 마치 자신이 언덕 마을 너머 저 멀리 어딘가에 있는 것처럼 그의 얼굴은 차분했다.

산티가 왜 싸웠는지, 그가 먼저 싸움을 시작했는지 아닌지, 요한은 알지 못했다. 그는 한 번도 물어

보지 않았다.

기요시는 아이들의 삶에 대해 거의 모든 걸 알고 있었다. 그는 그들의 주변에서 열성적으로 움직였고 자주 미소를 지었다.

요한이 도착하기 수년 전, 어느 날 오후에 기요시는 들판에서 휴식을 취하고 있었다. 그가 잠에서 깼을 때 한 아이가 위쪽에 서 있었다.

—안녕하세요.

아이가 말했다.

—당신은 내 아버지입니까?

여전히 꿈속에 잠겨 있던 기요시는 말을 잇지 못했다.

소년이 말했다.

—괜찮아요. 이제부터 우린 친구예요.

소년은 재단사의 손을 잡기 위해 잠시 무릎을 꿇었다가 그곳을 떠났다.

산티는 마을 사람들에게 다가가 그들이 자신의 어머니인지 또는 아버지인지 묻곤 했다. 산티가 악수하자고 손을 들어 올리면 마을의 남자와 여자들은 혼란스러워하거나 재미있어하거나 슬픈 표정을 짓거나 하면서 아이를 내려다보았다. 페이쉬가 마을에서 산티를 찾아다니는 동안 아이는 항구에서 선원들의 뒤를 따라다녔다.

언젠가 그와 다른 아이가 교회의 첨탑을 기어오르려고 한 적이 있었다. 다른 아이가 떨어졌다. 기요시가 그것을 목격했다. 그때는 초저녁이었다. 두 아이의 형체가 하늘에 나타났다. 아이들 옆으로 막 떠오른 샛별들. 그런 후에 소리, 날숨과 손톱이 돌에 긁히는 소리, 그리고 두 아이 중 하나가 떨어졌다. 그는 그들이 유령일 거라고 생각했다.

기요시는 땅에 떨어진 소년을 에워싼 군중을 헤치고 앞으로 나갔다. 가로등이 켜져 있었다. 소년은 움직이려고 애썼다. 둘러선 사람들의 그림자 사이에서 그는 소년이 움직일 수 없다는 것을, 아이의 깜박이는 두 눈에 드러난 힘겨움을 알아보았다.

의사가 바지를 자르는 동안 기요시는 아이를 안았다. 그는 몸을 앞으로 숙이고 소년의 머리를 쓰다듬었다. 그가 소년의 귀를 막았다. 이제 소년의 눈은 조용해졌다. 아이의 콧물이 기요시의 손목에 떨어졌다. 마치 거기에서 뭔가를 발견한 것처럼 소년은 재단사의 넥타이 매듭에 시선을 고정했다.

기요시는 등에 닿는 손길을 느꼈다. 돌아보니 산티가 등 뒤에 숨어서 벌벌 떨고 있었다. 첨탑을 내려오는 동안 그의 손바닥에 상처가 났다. 상처가 재단사의 셔츠를 더럽혔다.

그 소년은 살아났지만 머물지 않고 얼마 지나지 않아서 마을을 떠났다. 기요시는 손에 붕대를 감은 산티가 소년을 본 사람이 있느냐고 물으며 도로를 배회하는 걸 지켜보곤 했다.

요한은 그 소녀에 대해 거의 알지 못했다. 맨 처음 소녀는 음식을 먹기 위해 교회에 나타났다. 그녀는 잔일을 하며 페이쉬를 도왔다. 정원의 땅을 파거나, 스테인드글라스 유리창을 청소하거나, 대걸레로 바닥을 닦았다. 그녀는 산티를 돌보는 일을 도왔다.

그는 결국 그녀와 함께 떠났다. 그들과 싸우고 싶지 않아서 페이쉬는 지팡이에 기댄 채 두 사람이 떠나는 모습을 지켜보았다. 두 아이는 해안 도로를 향해 가고 있었다. 그들이 공유한 방랑의 씨앗은 수년에 걸쳐 자라고 있었다.

그녀는 종종 기요시의 자전거를 탔다. 요한은 언뜻언뜻 비치는 그녀의 모습을 보았다. 밝은 색깔의 머리칼 길이와 건물들 사이의 자전거 바퀴들, 유리창에 비친 실루엣을 보았다. 마을에서 음악이 들리면 그녀는 그곳을 찾아가 군중의 가장자리에 자리를 잡았다. 다른 날에 그는 길을 가다가 골목길 지하 음악 클럽의 좁은 창문 옆에 앉아 있는 그녀를 보았다. 그녀는 다리를 꼬고 벽에 기대어 있었다. 두 눈을 감고 몸을 이리저리 흔들며 가수들을 따라서 노래를 흥얼거렸다.

그녀가 산티에게 매달리는 날들도 있었다. 산티에게 몸을 밀착한 채 그녀의 작은 손이 그를 꽉 껴안았다. 때때로 늦은 오후가 되면 그녀는 나무 아래에서 잠을 잤다. 마치 아주 오랜 여행을 마치고 도착한 것처럼 나무 밑동을 등진 채 몸을 웅크렸다. 척추의 곡선을 따라서 땀줄기가 흘러내렸다.

그녀의 피부는 옥상의 타일 색깔이었다.

요한은 그녀가 자신의 이름을 말하는 방식이 좋았다. 마을에서 그런 식으로 이름이 불렸던 적은 별로 없었다. 기요시가 말하는 방식이나 혹은 지난 수

년 동안 이름이 불렸던 방식과도 달랐다. 그녀는 인내심을 갖고, 시간을 들여서 말했는데, 입 밖으로 내뱉기 전에 각 음절을 잠시 붙들어 두었다.

—요한.

시장의 건너편에서 또는 가게 앞을 지날 때 그녀는 한 손을 들어 올리며 그를 불렀다. 그러면 몇몇 사람이 뒤를 돌아다보았다.

5

산티와 비아는 그의 일상의 일부분이 되었다. 그들이 왔다가 떠나는 것도 그랬다. 그는 몇 달에 걸쳐 몇 주 동안이나 그들을 보지 못했다. 그러다가 마치 한 번도 떠난 적이 없는 것처럼 그들은 갑자기 마을에 나타났다.

요한은 가게 일로 분주했다. 남자들의 새 양복을 짓기 위해 치수를 잿고, 수선하고 조정했다. 그는 이제 누가 무엇을 입는지 알았다. 사람들이 옷을 찾으러 왔을 때 말을 하기 전에 옷을 건네줄 수 있었다. 그는 이제 동네의 대부분을 알았고, 도로명을 알았다. 그는 계속해서 배달을 다녔다.

그는 점점 더 언어에 익숙해졌다. 시장의 노점상들과 대화하기 시작했고 그들이 파는 생선과 과일에 관해 물어보았다. 기요시의 심부름으로 비누를 사러 약국에 가거나, 미리 주문한 저녁 식사를 가져오려고 일식당에 갔다.

그와 기요시는 몇 주에 한 번씩 이탈리아인 이발사에게 갔다. 이발사는 재단사와 오랫동안 알고 지낸 사이였다. 기요시는 절대로 이발을 하지 않았다. 대신에 그는 구석에 앉아서 동네에 떠도는 소문을 이발사와 주고받았다. 그러는 동안 요한의 머리칼이 다듬어졌고 면도가 끝났다.

그들은 포르투갈어로 말했다. 요한은 여종업원과 부두 노동자 사이에 벌어진 연애 사건에 대해 그들이 토론하는 걸 들었다. 애완용 새를 가진 여자에 관한 이야기도 있었다. 들어 줄 사람이 아무도 없다는 생각이 들었을 때 여자는 죽은 남편에게 말을 거는 습관이 생겼다. 항구 근처의 하숙집은 사실은 성매매업소였다.

나중에 산책하면서 그는 이해하지 못했던 말을 기요시에게 물어보았다. 재단사는 씩 웃으며 일본어로 번역해 주었다.

1956년 겨울이었고, 추위와 함께 한 주가 시작되었다. 그들은 창문을 닫아 두었다. 요한의 몸은 이제 더는 추위에 익숙하지 않았다. 그와 기요시는 스웨터를 입었다. 그는 전쟁 이후로 스웨터를 입은 적이 없었다. 어깨와 팔에 얹힌 옷의 무게에 익숙해지기까지 꼬박 하루가 걸렸다.

이웃 사람들은 오래전에 벽장에 보관했던 코트를 가져와서 새 안감과 새 단추를 달아 달라고 했다.

어느 날 오후에 기요시는 의자에서 일어나는 데 애를 먹었다. 그날 아침 내내 그는 일하다가 동작을 멈췄고 자신의 양손을 물끄러미 바라보았다.

그는 일찍 일을 마친 후에 자기 방에 머물렀다. 그날 밤에 차를 가져갔을 때 요한은 그가 천장을 향해 두 팔을 뻗은 채 누워 있는 것을 보았다. 그는 계속해서 자신의 양손을 물끄러미 바라보았다. 마치 자신의 손이 아닌 것처럼, 이제 더는 그것을 알아보지 못하는 것처럼 보였다.

—괜찮아.

노인이 말했다.

—감기일 뿐이야. 잠시 잠을 자야겠어.

요한은 의사를 불렀다. 그는 젊었고 기요시가 지은 양복을 입고 있었다. 요한은 침대 옆에 앉은 그가 재단사의 가슴에 청진기를 갖다 대는 걸 커튼 사이로 볼 수 있었다.

—별 문제는 없습니다.

잠시 후 두 사람이 가게에 섰을 때 그가 요한에게 말했다.

의사가 떠난 후 기요시는 작업대에 앉아서 일을 시작했다. 그리고는 동작을 멈추고 고개를 들어 바로 앞쪽의 벽을 응시했다.

그가 말했다.

—그렇게까지 할 필요는 없었어.

그리고 다시 셔츠를 수선했다.

그게 무엇이든 뭔가가 서서히, 하루하루, 그를 떠났지만, 남겨진 것은 있었다. 그는 더 오래 잠을 잤고, 더 늦게 일어났다. 이제는 요한이 가게 문을 열었다. 노인은 계속해서 고객들을 관리하고 지체 없이 치수를 쟀지만, 그가 옷 한 벌을 완성하는 데에는 더 많은 시간이 걸렸다.

가게 문을 닫은 어느 일요일, 요한은 항구에서 오후 시간을 보냈다. 다른 날보다 항구가 더 조용했다. 가끔씩 휘파람 소리 같은 기계음이 들렸다. 병 소리와 생선 위에서 퍼지는 얼음 소리. 그는 빈 운송 상자 더미를 지나쳤다. 고개를 들어 햇빛 속의 배들을 바라보며 온갖 다양한 언어로 뱃머리에 적힌 이름들을 훑어보았다. 그는 남쪽 끝의 부두에 도착했다.

그는 자신의 이름을 들었다. 희끗희끗한 턱수염의 키 작은 남자가 손을 흔들며 다가왔다. 그들은 마주 보았고 남자가 요한의 스웨터에 감탄하며 웃음을 터트렸다.

—다시 물로 돌아가고 싶어?

선원이 말했다.

그들은 포옹했다. 두 사람이 마지막으로 만난 지 일 년 만이었다. 그는 남자의 늙어 버린 모습을 보고 깜짝 놀랐다. 눈가의 주름들, 가늘어진 머리칼, 걸을 때 약간 구부정한 자세.

—이제는 나뿐이야.

배에서 화물을 내리기 시작하는 일행을 가리키며

선원이 말했다. 모두 요한이 한 번도 본 적이 없는 사람들이었다.

그들은 한국어로 말했다. 일 년 동안 그는 한국어를 듣지도 말하지도 않았다. 어떤 단어는 머릿속에 떠올리는 데 잠시 시간이 걸렸다.

남자 중 한 명이 크레인 사고로 죽었다. 나머지는 직장과 팀을 옮겨 다른 항로로 태평양을 건너 미국의 서부로 갔다.

그가 요한의 어깨를 토닥거렸다.

—하지만 너는.

그가 말했다.

—너는 머물게 될 거야.

그는 다시 웃음을 터트리며 배 쪽을 돌아보았다. 한 남자가 널빤지 아래로 운송 상자를 밀고 있었다.

—아.

그가 말했다.

—네 물건.

그들은 도쿄와 오사카에서 도착한 두 개의 직물 선적이 있는 부두로 내려갔다. 그는 곧바로 떠나지 않았다. 그가 바다 쪽으로 놓인 운송 상자에 앉았고 선원은 다른 상자에 앉았다. 바닷물은 파란색과 회색이었고 파도가 부서졌다. 새들이 하강했다.

선원은 일본의 남부 해안에서 몇 년 동안 살고 있었다. 일자리를 찾아 전쟁 전에 먼저 그곳에 간 사촌과 합류한 것이었다. 선원은 아들 둘과 딸 하나를 두었다. 그의 아내는 일본인이고 지금은 호텔에서 린넨 천을 세탁하는 일을 하고 있다.

—새것이야.

그가 말했다.

—그 호텔.

그 일로 그녀의 손이 거칠어졌다. 그가 자신의 손바닥을 허공으로 들어 올렸다.

그는 그녀를 자주 만나지 못했다. 여건이 될 때 그들은 편지를 교환했고, 아내가 그의 다음 정박지로 편지를 부쳤다. 그가 브라질에 들른다는 걸 알았을 때 그녀는 때때로 요한의 가게로 편지를 부쳤다. 요한이 그렇게 하라고 제안했기 때문이었다.

요한은 부두로 편지를 가져갔고 선원은 큰 소리로 그걸 읽어 주곤 했다. 요한은 해안 마을에 있는 작은 집을 상상했다. 해변으로 향하는 내리막길을 따라서 선원의 아내가 날마다 어떻게 호텔로 걸어 갔는지 머릿속에 그려 보았다. 그녀는 도시락과 그늘을 만들어 줄 양산을 가지고 다녔다. 아이들은 학교에 갔다가 아내의 어머니가 있는 집으로 돌아갔다. 어떤 날은 손님이 없어서 호텔이 비었지만 그녀는 여전히 호텔방을 청소하고 침대를 정돈했다. 상아색 시트를 들어 올리면 그 색깔이 사방을 가득 채웠다. 천 개의 빈 천막들.

하지만 이번에는 가게로 편지가 오지 않았다. 요한이 선원에게 말할 필요는 없었다. 요한이 아무것도 주지 않았기 때문에 선원은 이미 그걸 알고 있었다.

—곧 보게 될 테지.

그가 말했다. 그리고 항구를 떠나는 작은 배를 지켜보았다.

그가 말을 잇지 않자, 요한이 그를 바라보며 두 눈을 살펴보았다가, 기다렸다.

선원이 말했다.

—아무것도 없어. 네 고향 소식은 아무것도 듣지 못했어.

그는 더 이상 아무 말도 하지 않았다. 요한은 그것이 의미하는 바가 뭔지 알았다. 그는 조금 더 그곳에 있었지만 마치 두 사람 모두 해야 할 말을 다 한 것처럼 서로 많은 말을 나누지 않았다. 선원이 한국에 대해, 그가 정박했던 남동쪽 항구에 대해, 요한이 승선했던 바로 그 항구에 대해 언급했다. 하지만 그게 다였다.

그 항구가 지금은 얼마나 달라졌는지, 새 건물과 새 배들이 생겼는지, 더 복잡한 곳이 되었는지 궁금했지만 그는 묻지 않았다. 그가 몸을 떨었다. 두 팔로 배를 감싸 안았다. 언젠가 그는 탑처럼 보이는 배들 사이에서 추위에 떨며 서 있었다. 그때 그를 호송하던 미국인들이 먼 곳의 배 한 척을 가리켰다. 구름 낀 하늘 아래에서 배의 전체적인 윤곽이 높은 갑판을 따라서 움직이고 있었다.

이제는 얼마나 오래전의 일이 되었나. 그 자신의 피로와 그를 호송했던 남자들의 피로, 그들의 충혈된 눈과 헬멧과 그들 모두에게 달라붙어서 지우는 데 몇 년이 걸릴 것만 같았던 요오드와 화약 냄새는 얼마나 오래전의 일이 되었나. 어떤 날에 그는 아직도 여전히 그 냄새를 맡을 수 있었고 그럴 때면 해안에 서 있던 그 저녁에서 그리 멀리 떨어져 있지 않은 것 같았다.

그는 잠시 동안 여전히 그 남자, 그 나라의 항구에 있었던 소년이 되었다. 몇 년 동안 벌어진 일들을 뒤로하고 바다로 나아가는 그에게 그 세월이 따라붙을지 어떨지 확신하지 못한 채였다. 그는 자신의 몸이 통제할 수 없을 만큼 떨렸던 걸 기억했다. 마치 해안과 배 사이에 매달린 것처럼 바닷물 위에서 배의 건널판과 자기 자신 사이에 있었던 멈춤.

그날 이른 아침 이곳의 항구로 들어설 때 자신의 바로 옆에 선원이 서 있었던 걸 그는 기억했다. 그가 담배에 불을 붙였고 두 사람은 다른 배들이 화물을 내리고 행상인들이 부두를 따라서 왔다 갔다 하는 걸 지켜보았다. 상인들은 상자를 목에 매고 사무용품과 음란물을 팔았다.

—요한.

선원이 말했다.

—여기 남아 있어. 아주 오랫동안 남아 있어.

날이 어두워지며 부두의 불빛이 반짝였다. 그는

저 멀리 부두 너머에서 나타난 기요시의 자전거와 자전거를 탄 비아를 알아보았다. 울퉁불퉁한 조약돌을 타고 넘으며 그녀는 시장 광장을 빙빙 돌았고, 이웃고 운송 상자와 남자들을 지나서 페달을 밟았다. 스카프가 그녀의 머리칼을 감싸고 있었다. 산티는 그녀의 허리를 잡고 자전거에 앉아 있었다.

자전거가 비틀거렸고 잠깐 비아가 균형을 잃은 것처럼 보였다. 요한은 저도 모르게 자리에서 일어났다. 하지만 그녀는 중심을 다시 찾았고 웃음을 터트리며 계속 페달을 밟았다. 항구의 노동자들이 고개를 절레절레 저었다가 하던 작업으로 되돌아갔다.

그들이 자신을 보았는지 그는 알 수 없었다.

—아이들이 다 컸네.

선원이 말했다.

비아가 남자들을 지나쳐 부두 산책로로 향하는 동안 산티가 상체를 뒤로 젖히며 허공으로 다리를 들어 올렸다. 그녀의 모습이 먼 거리의 군중 속으로 사라졌을 때 요한은 항상 그랬던 것처럼 선원에게 하룻밤 자고 가라고 권했다. 하지만 선원은 언제나처럼 제안을 거절했다.

—다음번에.

선원이 말했고 그들은 헤어졌다. 요한은 운송 상자를 짐수레에 싣고 언덕 위로 밀면서 올라갔고, 선원은 선실로 되돌아갔다. 그의 선실에는 좁은 침대, 사진들, 아내의 편지들, 자식들이 준 돌고래 모형 도자기, 몇 년 전에 동료가 그의 베개에 놓아둔 동전 두 개가 있었다.

6

그날 저녁 그는 자전거를 타고 마을을 지나가는 누군가의 모습을 창문으로 보았다. 자전거의 손잡이에 전등이 달려 있었다. 그는 방랑하는 그 별이 흔들거리며 비탈길을 내려가다가 해안을 따라 멀어지는 걸 눈으로 좇았다.

그는 가게를 나섰다. 교회를 지나서 들판으로 들어섰다. 그는 계속해서 마을에서 멀어졌고 활짝 열린 하늘 아래에서 몸을 움직였다. 이윽고 땅이 좁아졌고 바다 위 높은 지점에 곶이 형성되어 있었다. 그는 바로 옆길로 접어들어 절벽 아래로 내려갔다.

낮게 뜬 달이 사방을 밝게 비추고 있었다. 그는

잠시 방향 감각을 잃었다. 한 손으로 손차양을 만들어 눈을 가늘게 떴다. 그는 항구의 북쪽 해변에 있었다. 모래알이 반짝였고 부서지지 않은 모양이었다. 개로 짐작되는 어떤 동물의 그림자가 덤불 속으로 물러났다. 찢어진 종이 한 장이 허공에서 맴돌다가 그를 지나쳤다.

저 멀리, 해변의 위쪽 저편에서, 불길이 타오르고 있었다. 그는 어둠 속에서 사람들의 윤곽을 알아볼 수 있었다. 몇몇은 어깨에 담요를 두르고 앉아 있었다. 다른 이들은 서 있었다. 한 소녀가 양팔을 들어 올린 후 쭉 뻗었다. 불길이 내뿜는 빛을 등진 그녀의 날개뼈는 팔딱이며 뛰어오르는 한 마리의 물고기였다.

그는 모래의 부드러움을, 탄력성을 느꼈다. 그가 해안선을 따라서 움직이는 동안 등대 근처의 물결이 깜박깜박했다. 그는 대화 소리를 들었다. 밤의 고요함.

그는 계속해서 걸었다. 해안에 이르러서 낡은 대농장 가옥을 발견했다. 그것은 돌담 너머 길게 뻗은 들판에 있었다. 저녁 빛 속에서 방금 지어진 것처럼 보였다. 하지만 가까이 가 보니 허물어져 가는 건축물이라는 걸 알 수 있었다. 나무로 뒤덮인 창문, 푹 꺼진 현관, 옥상의 일부분은 사라지고 없었다.

근처에 판잣집이 늘어서 있었다. 집은 작았고 조그맣게 웅크린 집의 양철 지붕 위로 저녁 빛이 반사되었다. 몇몇 집은 창문이 없었다. 다른 집들은 문을 달 공간이 있지만 실제로는 아무것도 없었고 출입문이 두꺼운 담요로 가려져 있었다.

집들 사이로 좁은 길이 나 있었다. 달빛 속에서 그는 한 남자가 노새를 타고 정착촌을 지나가는 걸 지켜보았다. 두 여자가 바구니를 판잣집 안으로 옮겼다. 어떤 집 입구에는 회색 개 한 쌍이 앙발 위에 머리를 얹고 나란히 누워 있었다. 한 무리의 노인들이 모자를 무릎에 걸쳐 둔 채 담배를 피웠다.

들판에 커다란 나무 한 그루도 있었다. 다양한 색깔의 옷들이 나뭇가지에 매달려 말라 가고 있었다. 비아가 그 아래에 서 있었다. 아래로 푹 눌러쓴 모자가 두 눈을 가리고 있었다. 그녀가 셔츠를 쫙 펴서 나뭇가지 위로 던졌다.

그는 돌담을 넘었다. 해안을 따라 늘어선 작은 배

들의 선체로 바닷물이 부딪쳤다. 그는 자신의 숨소리를 들을 수 있었다. 해변에서 멀어진 후 정착촌 안으로 들어설 때 자신의 심장 박동이 빨라지기 시작했고 그런 후에 느려지는 걸 들을 수 있었다. 마치 누군가가, 어디선가, 꿈을 꾸고 있는데, 허락도 없이 그가 경계를 넘어서 들어와 버린 것 같았다. 익숙한 것과 낯선 것 모두에게서.

목발을 짚은 한 남자가 고개를 끄덕이며 지나갔다. 건어물 바구니가 그의 허리에 묶여 있었다. 들판을 가로지른 후 대농장 가옥 가까이 다가갔을 때 그는 턱을 하늘로 치켜든 곡예사의 모습을 보았다. 한 무리의 아이들이 주위에 둘러앉아서 곡예사의 움직임을 눈으로 좇고 있었다.

비아는 그를 보고도 놀란 것 같지 않았다. 그는 바로 위에서 나무에 매달려 흔들거리는 옷들을 올려다보았다. 허공에 걸려 있는 모양이 마치 떠도는 창문들 같았다. 옷감으로 만든 집. 그의 손목에 물방울이 떨어졌다.

그녀는 대농장 가옥 쪽으로 말없이 그를 이끌었다. 노새를 탄 남자가 그녀에게 인사했고 옆을 지날 때 그녀가 노새의 목을 토닥거렸다. 그녀는 한 소녀와 잠깐 이야기를 나눴고 접힌 셔츠를 소녀에게 주었다.

산티는 거다란 담요 위에 앉아서 그들을 지켜보고 있었다. 그의 주변에 팔찌, 목걸이, 엮어서 길게 꼰 밧줄이 놓여 있었다. 아침이 되면 두 사람은 그것들을 시장으로 가져가곤 했다. 그들은 온종일 앉아 있곤 했고, 팔 수 있는 건 뭐든지 팔았다.

그들로부터 멀지 않은 곳에 아이들이 둥글게 모여 있었다. 아이들은 상체를 뒤로 젖히고 풀을 움켜잡고 있었다. 몇몇은 스웨터를 입었고 양털 모자를 쓴 아이들도 있었다. 맨발인 아이들이 많았다.

원의 중심에 선 곡예사가 허공을 향해 아이들의 신발을 던졌다. 그의 두 눈은 색이 바랜 붉은 스카프로 가려져 있었다. 어깨가 좁았고, 쇄골이 드러난 헐렁한 셔츠를 입고 있었다. 그의 양팔이 바퀴처럼 쉴 새 없이 움직였다. 스카프의 끝자락이 흔들거렸다. 두 눈을 가린 그의 얼굴이 밤하늘의 구름을 향해 기울어졌다.

산티가 두 사람을 위해 공간을 마련해 주었다. 달

빛 속에서 그의 뺨에 난 생채기가 드러났다. 요한은 못 본 척했다. 대신에 그는 초콜릿 바의 포장지를 벗겨서 그들에게 나누어 주었다.

그는 손바닥에 닿는 것은 풀의 감촉을 느낄 수 있었다. 발목에 닿는 담요의 시원함. 그는 정착촌을 돌아다보았다. 어느 판잣집 옥상의 화분 속에 식물들이 모여 있었다. 고양이 한 마리가 땅바닥에서 뛰어올라 나뭇잎을 발톱으로 할퀴기 시작했다. 누군가가 축음기에 프랑스어 노랫가락을 틀어 놓았다.

지금이 몇 시인지 그는 알지 못했다. 자정이거나 혹은 그 이후일 수도 있었다. 밤은 맑았고 대지 위로 내려앉아 있었다. 이따금씩 차량 소리가 들렸다. 하지만 곶과 절벽에 가로막힌 이곳에서는 마을이 보이지 않았다.

요한은 포로수용소에서 난생처음 초콜릿을 맛보았다. 미국에서 보내온 것이었다. 간호사는 축축한 수술대 위에 초콜릿 바를 올려놓고 외과 수술용 칼로 잘게 잘랐다.

그녀는 야영 천막에 있는 사람들과 그것을 나누어 먹었다. 손톱 크기의 조각들. 그는 구석에 서서

혀 위에 한 조각을 올려놓고 양 입술을 지그시 눌렀는데 그 달콤한 맛에 익숙해지지 않았다. 간이침대의 남자들과 다른 간호사들도 똑같이 행동하는 걸 지켜보았던 일. 그들 모두는 마치 각자 비밀을 간직한 것처럼 침묵했다.

그 간호사는 포로수용소 바깥에 사는 한 소년에게도 초콜릿을 조금 주었다. 그날 이후 며칠 동안 요한은 철조망 울타리 너머로 소년을 바라보곤 했다. 소년은 들판에 서서 초콜릿 얼룩이 묻은 셔츠를 내려다보며 혀로 핥곤 했다. 맛이 사라진 후에는 셔츠의 얼룩 자국을 계속해서 위로 끌어올리며 냄새를 맡았다. 향이 사라진 지 한참 후에도 그는 그렇게 했다. 그때마다 소년은 씩 웃었다. 그런 후에는 등 뒤에다 연을 묶고 숲으로 향하면서 어디로든 몸을 움직여서 이동했다.

들판에서 신발들이 높이 솟아올랐다가 내려앉았다. 위로 아래로 신발들이 움직였다. 박수 소리와 웃음소리가 났다. 그는 해안의 소리를 들었다. 그러다가 배의 경적이 울렸다. 기다란 배의 불빛이 바다에서 나타났다. 배가 너무 느리게 움직여서 실제로 움직이고 있는지조차 확신할 수 없었다.

산티가 또 다른 초콜릿 조각을 집어 들었고 그런 후에 자리를 떴다. 그가 정착촌을 가로질러서 해변을 향해 뛰어갔다. 어둠 속에서 그의 몸은 거의 보이지 않았다. 그가 높은 바위를 찾아냈고 그곳에서 양손을 들어 올려 상상의 망원경을 만들었다. 깜박이는 배의 불빛을 향해 그가 몸을 돌렸다.

—그들은 농장과 광산에서 일해.

정착촌과 해변의 불을 바라보며 비아가 말했다. 어부와 공장 노동자들도 있었다.

그런 후에 그녀는 그의 손을 잡고 손바닥을 부드럽게 문질렀다. 그의 손을 자신의 무릎 위에 올려놓고 아래를 내려다보며 살폈다. 그는 투명한 그녀의 두 눈을 보았다. 그녀가 그의 엄지 아래 둥근 부위에 자신의 집게손가락을 대고 손금을 따라서 내려갔다. 그녀의 피부가 따뜻해서 그는 깜짝 놀랐다.

—당신은 아주 오래 살 거야.

그녀가 말했다.

—하지만 갈라진 금이 있어. 앞으로 엄청난 어려움이 닥치게 될 거야. 이것 봐, 손목 근처에서 이게

갈라진 것처럼, 당신은 돌아다니게 될 거야. 그게 당신 성격이야. 돌아다니는 것. 잠시, 여기에서.

그녀가 그의 피부를 톡톡 두드렸다.

—당신은 다른 삶을 살게 될 거야.

그가 이해할 수 있도록 그녀는 천천히 말했다. 그녀가 몇 마디 이상의 말을 건넨 건 이번이 처음이었다. 마치 그녀가 다가올 미래의 그의 삶과 이미 지나온 그의 삶에 대해 묘사한 것 같았다.

그는 그녀가 계속하기를, 계속 말을 이어 가서, 그녀의 목소리에 둘러싸여 있기를 바랐다. 하지만 그녀는 눈길을 들어 올렸다. 그가 위를 올려다보자 호기심 어린 표정으로 그들 쪽으로 몸을 기울이고 있는 곡예사가 보였다.

곡예사가 인상을 찌푸리며 입을 꽉 다물었고, 손가락을 입술에 댄 후 비아의 모자를 낚아챘다. 그는 계속해서 눈을 가린 채 아무것도 떨어뜨리지 않고 이 모든 걸 해냈다.

비아가 얼굴을 붉히며 요한의 손을 놓았다. 두 사람 모두 눈을 가린 곡예사를 다시 지켜보았다. 곡예사는 이제 신발들과 모자를 높이 추켜들고 원을 그리며 걸었고, 때때로 뛰면서 몸을 구부리기도 했다.

아이들이 환호했다. 산등성이 뒤편으로 비행기 한 대가 나타났다. 나무에서 옷들이 거두어졌고 더 많은 옷이 걸렸다. 불길에서 피어오른 연기가 들판 위로 퍼져 나갔다.

밤이 깊어지면서 날이 더 추워졌다. 그는 소녀의 모자가 솟아올랐다가 가라앉으며 모자챙이 공중에서 빙빙 도는 걸 지켜보았다.

산티는 여전히 높은 바위 위에 서 있었다. 요한은 소년의 시선을 따라서 반짝이는 물결을 바라보았다. 그는 기다렸다. 하지만 자신이 무엇을 기다리고 있었는지 더 이상 확신할 수 없었다. 다리가 점점 무거워졌고 손바닥이 풀밭에 편안히 닿는 걸 느꼈다. 그는 자신이 가라앉는다고 상상했다. 자신의 몸이 대지에 떨어지고 바다가 그를 집어삼켜서 아무것도 남지 않았다고, 자신의 어떤 흔적도 남지 않았다고 상상했다.

자신이 사라진다면 누가 그것을 알아차릴지, 그때가 되면 누가 자신을 그리워하게 될지 궁금했다.

그는 눈을 가린 곡예사의 머리 뒤편에서 흔들리

는 스카프의 끝자락을 지켜보았다. 그는 숲을 떠올렸다. 높게 우거진 나뭇가지들. 강. 그의 팔꿈치에 닿는 손. 펭.

그는 자신이 갔던 장소의 새로운 도시들에 대해 생각했다. 새로운 집들. 새로운 상점들. 자전거들. 시장들. 마술쇼들, 극장, 그리고 아이들.

비아의 모자가 공중으로 솟아올랐다.

그날 밤 그가 떠나기 전에 그녀가 그에게 몸을 기대어 두 사람의 얼굴은 거의 맞닿을 정도가 되었다. 그는 귓등에서 그녀의 숨결을 느꼈다.

그녀가 입을 오므리며 말했다.

—그는 매일 오후에 연습해. 솜씨가 녹슬지 않도록. 원래 그는 서커스단에 있었어. 그런 후에 전쟁터에 갔어. 이제는 눈이 멀었어. 하지만 여전히 던지고 잡을 수 있어. 나한테 말하길 이걸 하는 데 두 눈은 필요하지 않대. 공연할 때 사람들은 그가 앞을 볼 수 있다고 생각한다고, 그가 내게 말했어. 그래서 그는 스카프를 얼굴에 두르고, 사람들은 열광해. 그는 그런 방식을 더 좋아해. 공연이 끝나고 관객이 돌아간 후에도 자신이 볼 수 있을 거라는 믿

음. 그는 내가 이렇게 상상하길 원해. 그게 그를 행복하게 해. 그래서 우리가 오늘 헤어질 때, 나는 이리로 그는 저리로 갈 수 있어. 그는 집 안에 들어가서 머리에 두른 스카프를 풀고, 주위를 둘러본 후에 창밖을 봐. 그는 두 눈을 비비고 빛 때문에 눈을 가늘게 떠. 난 그를 위해 이걸 상상해. 내 꿈속에서 그는 우리 모두의 허리를 잡고, 우리를 공중으로 던져 올려. 그가 팔을 뻗어 올리면 우리는 위로 올라가. 그가 우리를 지켜봐. 이것은 아름다워.

7

언젠가 그는 의료진과 카드 게임을 한 적이 있었다. 그는 펭이 어디를 헤매고 다니는지 의아해하며 찾아다니고 있었다. 첫 번째 여름이었고, 초저녁이었다. 그 누구도 잠을 잘 수 없었다.

천막 병원 중 한 곳에서 세 남자가 운송 상자 가까이 모여들었다. 펭이 거기에 있었다. 그들은 셔츠의 단추를 풀고, 모기를 쫓기 위해 모깃불을 피워 두고, 주변에 양초를 켜 놓은 채 모여 앉아 있었다.

그들이 요한에게 손짓했다. 그래서 그는 천막 아래로 가서 그들 옆에 놓인 운송 상자에 앉았다. 그는 끝까지 게임을 지켜보았다.

그런 후에 누군가가 그와 펭도 카드 게임을 하고 싶냐고 물었다. 게임 이름이 포커라고 했다. 의료진 중 한 명이 그들에게 카드를 가르쳐 주었다.

펭이 트럼프 카드를 들었다. 그의 눈을 가린 붕대가 빛을 발했다. 그들의 차례가 되었을 때 펭은 자신이 무엇을 들고 있는지, 즉 숫자와 모양들, 클로버와 왕들의 초상에 대해 요한이 귀에다 속삭여 줄 때까지 기다렸다.

그들은 카드 게임을 잘하지 못했다. 시간이 너무 오래 걸렸고 게임에 대해 이해하지 못했다.

그렇기는 해도, 그 촛불 속에서, 펭은 카드를 손에 움켜쥐고 미소 지었다. 펭이 수용소에서 미소를 지은 아주 드문 순간이었고 요한은 종종 그때를 기억했다. 그 여름밤에 붕대 뒤에서 그가 어떤 사적인 기억을 되살리고 있었던 것일까, 요한은 궁금했다. 손에 가득 쥔 카드들과 그 질감, 마치 어떤 놀라운 것을 손에 쥔 것처럼 그가 손끝으로 카드들을 쓸어 넘겼던 방식이 그에게 어떤 순간 혹은 어떤 이야기를 가져다주었는지. 비록 찰나의 순간이었지만, 전쟁이 벌어지고 있는 이 나라 남쪽 해안 근처의 포로

수용소에서, 삶은 일종의 경이가 되었다.

마치 그때처럼 요한은 산티와 비아와 함께 시장 광장에 앉아 있곤 했고, 세 사람은 팔찌와 목걸이를 팔아 보려고 애쓰며 카드 게임을 했다. 다이아몬드 세 개를 손에 쥔 펭이 어떻게 동작을 멈추었는지 요한은 그 밤을 떠올리곤 했다.

나중에 그와 펭은 헤어졌고 요한은 라몬트라고 불리는 의료진의 어깨 너머를 바라보았다. 어떤 카드를 포기해야 하느냐고 라몬트가 물었고 요한이 손가락으로 카드 한 장을 가리키자 그가 눈살을 찌푸리며 고개를 저었다.

라몬트의 머리칼은 색깔이 매우 밝았고 곱슬곱슬하면서 숱이 많았다. 콧잔등에는 주근깨가 있었다.

—스노우맨.

그들은 요한과 펭을 이렇게 불렀는데, 미국인들은 두 사람이 누구인지 알고 있었기 때문이었다.

폭탄의 잔해 현장에서 그리 멀지 않은 산속에서 그들은 눈 속에 파묻힌 두 사람을 발견했다. 그들이 찾아낼 수 있었던 건 요한의 코가 눈더미 밖으로 튀어나와 있었기 때문이었다.

—망할 놈의 당근처럼.

그들이 말했다.

만약 살아 있다면 반응하리라 생각하며 그들은 소총의 개머리판으로 그의 코를 찔렀다. 갑자기 허공을 찢는 뼈 부서지는 소리와 요한의 비명.

그날 그는 산을 정찰하던 병력의 일원이었다. 함께 지냈던 남자들, 함께 걷고, 전투 후에 나란히 잠들었던 남자들 중에서 그와 펭은 폭격에서 살아남은 유일한 생존자였다.

그는 며칠이 지났는지 알지 못했다. 트럭의 짐칸에서 잠시 의식이 돌아올 때마다 몸이 떨렸다. 손목이 묶여 있었다. 얼굴 위로 온기가 퍼져 나갔고 그러다가 고통을 느꼈다.

그리고 그의 옆자리에는, 이미 시력을 잃어버린 펭이 있었다.

의료진은 모두 그의 또래였다. 그는 자신이 그들의 부츠와 회복기 환자들의 잠자는 소리와 카드 게임을 보기 위해 동작을 멈춘 간호사들을 부러워했던 걸 기억했다.

그달에 의료진 두 명이 그곳을 떠났다. 그는 그들

이 어디로 갔는지 알지 못했다. 혹은 그들이 살아남았는지 그렇지 않은지도. 그들은 어깨에 각각 큰 짐을 둘러메고 수송차가 기다리는 출입문으로 향했다. 늙은 남자들처럼 소총을 지팡이처럼 짚으며 걸었다.

—스노우맨.

그들이 그를 불렀고, 철조망 울타리에서 손을 흔들었다.

그들은 간호사들을 위해 축음기를 두고 떠났다. 베니 굿맨의 노래가 낮과 밤을 가득 채웠다.

날이 추워지자 방치된 제분소로 부상자들이 옮겨졌다. 그해 12월에 소포 상자들이 도착했는데 장식용 색 테이프, 조명, 고깔 모양의 모자가 가득 차 있었다. 그곳에 남은 의료진 라몬트가 간이침대 옆을 돌아다니며 모자를 나눠 주었다.

—요한.

어느 늦은 저녁에 한 간호사가 그를 불렀다. 소포 상자 안에 함께 담긴 위스키를 마시고 이리저리 몸을 흔들고 있었다.

—나랑 같이 춤춰요.

그녀가 말했다.

그날은 크리스마스였다. 공장 바닥의 양쪽 모퉁이에서 난롯불이 타오르고 있었다. 그녀가 그의 손을 잡더니 바깥으로 이끌었다. 눈이 내렸고 그들의 부츠가 눈 속으로 빠져들었다. 들판 가득히 내린 눈이 환한 전등 빛에 비치었다.

음악을 들을 수 있도록 그들은 창문 아래에 섰다. 그녀는 모자 중 하나를 썼는데, 파란색에, 반짝이가 달려 있었다. 그녀가 그에게도 모자 하나를 씌워 주었다. 그는 한 번도 춤을 춰 본 적이 없었다.

그녀가 그의 양손을 잡아 자신의 허리에 얹도록 했다. 그런 후에 그의 목에 양팔을 감고, 콧노래를 부르며, 옆으로 걸었다. 그는 그녀가 하는 대로 따라 했다. 그녀에게서 술 냄새가 났고 피곤이 느껴졌다. 그녀는 간호복을 입고 있었다. 요한은 그들이 나누어 준 외투를 입고 있었다.

공장 창문의 뒤편에서 목사가 남자들에게 글을 읽어 주었다. 선교사들은 핫초코가 담긴 쟁반을 날랐다. 성에 낀 유리 너머로 끝이 뾰족한 색색의 모자들이 보였다. 경비병 몇이 그들을 내려다보며 서 있었다. 그녀가 그의 가슴에 머리를 기대자 그녀의 모자가 미끄러져 떨어졌다. 그들은 눈 속의 들판에서 춤을 추었다.

그 모든 나날 속에 음악이 있었다. 배식을 기다리거나 빨래할 때 그는 음악을 들을 수 있었다. 그가 운동하기 위해 철조망 울타리 둘레를 걷는 동안 펭이 그의 팔꿈치를 잡고 발걸음 숫자를 셀 때. 그가 간이침대 위로 몸을 구부리는 의사들을 지켜봤을 때, 그리고 더 많은 부상자를 실은 트럭이 도착했을 때. 그가 옷 수선하는 법을 배웠을 때. 정원 가꾸는 법을 배웠을 때. 멀리 떨어진 들판에 서서 그가 땅을 팠을 때. 여섯 개의 삽을 번갈아 가며 사용해야 해서 다른 사람들은 곡괭이나 양동이 심지어 양손을 이용해서 막 조성한 비탈 위를 이동했을 때. 그들의 어깨는 들썩들썩했다. 저 멀리 간이침대에 누운 남자들이 그들을 지켜보았다. 그리고 그 겨울, 그와 함께 춤추었던 간호사가, 랜턴을 켜고 점점 어두워지는 무덤들 위로 불빛을 비추었을 때 그 아스라한 멜로디, 노래 한 곡이, 그들에게로 왔나.

8

어느 날 밤에 마을에 정전이 있었다. 그들은 옥상으로 향했다. 기요시가 손전등을 들었다. 두 사람은 각자 의자에 앉았고 재단사가 건물들을 향해 빛줄기를 비추었다. 빨랫줄과 텔레비전 안테나 위에 새들이 모여 있었다. 구름은 없었다. 사방에서 촛불이 하나둘씩 창문을 채우기 시작했다.

마치 전기가 소리를 삼켜 버린 것처럼 저녁의 고요가 내려앉았다. 등대의 빛줄기가 바닷물을 훑으며 지나갔다. 항구 근처의 광장에서 음악가들이 연주를 시작했다. 그들은 언덕을 타고 넘어오는 선율에 귀를 기울였다.

두 사람의 눈이 어둠에 익숙해졌다. 날이 따뜻했는데도 기요시는 스웨터를 입고 있었다.

—난 평생 아래만 내려다보며 인생을 흘려보냈어.

재단사가 말했다. 그가 양팔을 벌려 상상의 작업대를 만들었다.

—난 위를 충분히 올려다보지 않았지.

그가 의자에 등을 기댄 후 고개를 들었다.

—어떤 별들.

그가 말했고 광활하게 펼쳐진 하늘을 올려다보며 웃음을 터트렸다. 바다 건너 나라들에서 오랜 세월을 보냈는데도 어떻게 하늘이 똑같을 수 있는지, 요한은 깜짝 놀랐다. 어떻게 하늘이 하나도 변하지 않았고, 전혀 늙어 가는 것처럼 보이지도 않는지.

아래쪽에서 타다닥거리는 빠른 발걸음 소리가 들렸다. 어둠 속에서 빛의 꼬리가 움직였다. 그것이 점점 다가왔을 때 그는 한 무리의 소년 소녀들을 보았다. 그들은 통금 시간을 넘겨 항구의 광장으로 향하고 있었다.

어둠 속 마을의 어떤 것이 누군가는 집에 머물게 만들고, 다른 누군가는 집을 떠나 좁은 도로를 달리며 갑작스러운 행복에 휩싸이게 하는지, 그는 궁금했다. 그곳이 마치 돌아다닐 수 있는 마을이 아니라 상상 속의 어떤 곳, 그들이 소유한 궁전인 것처럼 보였다.

오늘 밤에 산티와 비아가 어디에 있는지 그는 알지 못했다. 그들이 마을에 있을 때 항상 정착촌에서 지내는지도 알지 못했다.

—모든 곳에.

그가 묻자 기요시가 말했다.

한번은 기요시가 가게에서 지내도 된다고 그들에게 제안했다. 하지만 두 사람은 고개를 저었고, 그가 준 음식을 가지고 서둘러 떠났다. 전쟁 때 요한은 음식이 담긴 자루를 팔목에 묶고 나무 아래에서 잠든 아이를 보았었다. 발걸음 소리에 잠이 깬 아이는 맨 먼저 자루에 손을 뻗었다. 그런 후에 일어나 앉았고, 눈을 비볐고, 그들을 바라본 후 하품을 했다.

빛줄기가 언덕 아래로 사라지며 희미해졌다. 기요시가 요한의 셔츠 소매를 잡아당겼다.

—저것 봐.

그가 말한 후 손가락으로 바다를 가리켰다.

또 다른 빛이 나타나 바닷물에 붉은 별이 떠 있었다.

배는 북쪽으로 향하고 있었다. 너무 어둡고, 너무 멀어서 두 사람은 배의 형체를 알아볼 수 없었다. 곧이어 배는 그들 앞쪽 건물의 뒤편으로 사라졌다.

그 순간 기요시가 말했다.

—아.

요한은 그의 팔이 자신의 팔을 스치는 걸 느꼈다. 밤바람이 불어왔고, 재단사는 사라지고 없었다.

처음에 그는 기요시가 어디에 있는지 알지 못했다. 옥상 출입문을 돌아다봤지만 닫혀 있었다. 그는 서둘러 옥상의 가장자리로 달려갔다.

하지만 그는 멈춰 섰다. 자신의 주변에서 번득이는 움직임, 공기 속에서 불규칙하게 움직이는 빛을 포착했다. 그는 언덕 오르막길의 바로 옆 지붕을 향해 몸을 돌렸고, 거기에서 기요시를 보았다. 기요시는 두 건물 떨어진 곳에서 콘크리트와 타일의 가장자리를 살금살금 걷는 새처럼 지붕을 건넜다. 지붕들은 평평했고 어떤 것은 기울어져 있었다. 바로 옆에서 흔들거리는 손전등이 그의 발목을 비추고 있었다.

그는 여러 차례 기요시를 불렀다. 하지만 그때쯤 재단사는 너무 멀리 떨어져 있어서 그의 말을 들을 수 없었거나 혹은 무시하고 있었다.

그래서 요한은 지붕을 가로질렀고 이웃집 지붕의 가장자리를 밟았다. 그는 양팔을 옆으로 벌리고 손전등의 불빛을 따라서 되도록 빠르게 몸을 움직였다. 기요시는 더 빨리 움직이는 것 같았다. 지난 수년 동안 요한이 한 번도 보지 못한 에너지를 품은 그 남자는 타일을 밟는 소리와 함께 이제는 거의 뜀박질을 하고 있었다.

교회 앞의 마지막 건물에 다다를 때까지 기요시는 멈추지 않았다. 노인은 힘든 기색이 없었는데 아마도 내색하지 않았을 것이다. 지붕이 평평했다. 요한은 무릎을 꿇고 숨을 고르며 다리의 혈관이 진정되기를 기다렸다.

그들이 멈춘 곳에서는 교회 첨탑이 그리 멀지 않았고, 해안 전체를 볼 수 있었다. 하늘을 등진 채 절벽 위에 세워진 등대는 작동이 멈춰 있었다.

—빛이 없어.

기요시가 말했다.

그가 자신의 손전등을 들고 불을 켰다가 끄기 시작했다.

곧이어 배 한 척이 나타났고 마을을 지나서 멀어져 갔다. 기요시가 한 팔을 흔들었다. 그는 계속해서 손전등을 켰다 껐다 했다. 바로 이런 순간에 등대지기가 등불을 걸었다. 이제 요한은 등불을 볼 수 있었고 기요시 역시 그걸 보았는지 궁금했다.

그가 말했다.

—기요시, 이제 다 괜찮아요.

그가 어깨를 어루만졌지만, 재단사는 반응하지 않았다. 배는 무사히 지나갔고 이제는 멀리 있었다.

건너편 건물의 아래층 창문이 열려 있었다. 촛불이 방 안을 비추고 있었다. 그는 누군가의 옷자락을 보았고 다음 순간 한 여자가 나타났다. 촛불 때문에 금발로 보이는 여자의 백발이 허리께에 닿아 있었다.

방 한구석에 새장이 놓여 있었다. 그녀가 새장으로 다가가 몸을 기울였다. 그녀가 말을 걸자 새가 고개를 외로 틀었다. 그녀가 새장에 담요를 씌웠다. 요한은 그녀가 머리빗을 들고 늘어진 천을 바라보며 한동안 거기 서 있는 걸 지켜보았다. 그녀의 표정이 흐릿했고 바람 탓에 방 안의 촛불이 흔들리며 일렁였다.

등대가 다시 작동하자 발전기 소리가 윙윙거렸다. 빛줄기가 수면을 가로지르며 번쩍였다. 기요시가 팔을 내렸고, 그들은 거기에 서서, 낯선 이의 옥상에서, 바닷물을 바라보았다. 항구의 소리가 들려왔고 다른 집 창문들이 열렸다.

***

이후 몇 달에 걸쳐 기요시는 방에서 보내는 시간이 점점 더 많아졌다. 요한은 가게 일을 마친 후 차를 가지고 가서 그의 곁에 앉았다. 그는 간이침대의 베개에 몸을 기댄 채 책을 손에 쥐고 얇은 담요를 몸에 두르고 누워 있었다. 살이 점점 빠져서 옷이 더 헐렁해졌다. 하지만 요한이 올 때면 그는 항상 깨어 있었고 에너지가 남아 있었다. 두 사람은 그날 있었던 일이나 그가 읽고 있던 책에 관해 이야기를 나눴다.

그가 왜 이제는 가게보다 침실을 더 좋아하는지 요한은 알 수 없었다. 하지만 그는 매일 저녁 계속해서 부엌을 가로질러 차를 가져갔고 대화를 나눴다. 두 사람이 라디오를 들을 수 있도록 요한은 문을 열어 두었다.

그는 기요시가 잠들 때까지 곁에 있었다. 기요시의 손가락에서 책을 빼낸 후에 침실용 탁자에 올려놓았다. 슬리퍼는 간이침대 아래에 두었다. 방 벽의 못에 걸린 양복 상의의 먼지를 털었다. 그는 기요시의 가슴이 오르락내리락하는 걸 지켜보았다. 파리 한 마리가 노인의 손목에 내려앉자 요한이 휘저어 쫓아냈다.

하루하루가 더욱 바빠졌다. 요한은 혼자서 가게의 영업시간을 지켰다. 머잖아 그는 밤늦게까지 일하게 되었다. 그는 가게의 덧문을 열어 두었다. 가끔씩 행인의 그림자가 비쳤고 안을 들여다보느라 창문에 얼굴을 바짝 들이댄 아이가 있었다.

이웃들과 마을 사람들은 이제 홀로 일하는 그를

자연스럽게 받아들였다. 이제는 그와 일을 해야 한다는 걸 사람들은 알게 되었다.

어느 늦은 밤에 요한은 소음 때문에 잠에서 깼다. 처음에는 벽에 쥐가 있다고 생각했다. 희미하게 긁는 소리와 작은 동물의 움직임이 들리는 것 같았다. 창문에 가게 간판의 불빛이 비쳤다. 그는 다시 한번 소음을 들었다. 마룻바닥에서, 저 아래에서, 소음이 들린다는 걸 깨달았다. 그는 자리에서 일어나 최대한 소리를 죽여 가며 계단을 내려갔다.

가게에 전등이 켜져 있었다. 창문 셔터는 내려져 있었다. 커튼 사이로 가게 중앙의 마네킹을 알아볼 수 있었다.

마네킹에 코트가 입혀져 있었다. 아동용 겨울 코트였다. 선원들이 입는 옷처럼 회색 양모였고, 넓은 옷깃과 어두운 색깔의 단추가 달린 더블 버튼 코트였다.

기요시가 바로 앞에 서 있었다. 기요시와 마네킹의 키가 똑같았다. 그는 내의 차림이었다. 머리칼은 뒤로 묶어 틀어 올렸고 줄에 매달린 안경은 목에 걸쳐져 있었다.

라디오에서 음악이 흘러나왔다. 그가 고개를 기울이자 입술 사이에 낀 핀이 불빛에 반사되었다.

노인은 한참 동안 움직이지 않고 서 있었다. 마룻바닥에 긴 그림자가 드리워졌다. 그가 입에서 핀을 빼내 코트의 어깨를 향해 손을 뻗었다. 하지만 그의 손이 떨렸다. 그는 손을 진정시킨 후에 한 걸음 뒤로 물러섰다. 그가 안경을 썼다. 그는 다시 같은 동작을 시도했고 손은 더 떨렸다. 하지만 그는 이를 무시하고 코트를 향해 손을 뻗었다.

요한은 핀에 반사되는 빛과 그 빛이 기요시의 손가락에서 흘러나오는 방식, 바닥에 떨어지기 직전 그 은색 빛이 공중에서 회전하는 걸 눈으로 좇았다.

기요시가 무릎을 꿇었고 손바닥으로 나무 몸통을 쓸어내렸다. 그런 후에 그는 울기 시작했다. 무릎을 꿇은 채 머리를 숙인 그의 어깨가 들썩거렸다.

이후 몇 년 동안 요한은 자주 이 밤에 대해 생각했다. 자신이 왜 그의 곁으로 가까이 가지 않았는지. 왜 커튼 뒤에 남아서 좁은 틈 사이로 이 모든 걸 지켜보았는지. 왜 곧장 발길을 돌렸고 방으로 되돌아갔는지, 그리고는 매트리스에 누워 잠을 이루지 못했는지.

하지만 요한이 자리를 떠나기 전 이상한 일이 일어났다. 기요시가 얼굴을 닦았다. 그가 일어섰다. 그가 아동용 코트의 어깨에 머리를 기댔다. 눈을 감았고 말을 했다. 마치 기도를 하거나 누군가에게 속마음을 털어놓는 것처럼, 그는 상상 속 누군가의 목덜미에 얼굴을 묻었고 누군가의 귀에 말을 걸었다.

그가 한 말은 짧았다. 한순간이었고 오래가지 않았다. 그로부터 일주일이 지난 어느 날 저녁, 재단사는 침대에서 책을 읽다가 잠이 들었다. 요한은 기요시의 손에서 책을 들어 올렸다. 그는 가지고 갔던 차를 들고 방을 나왔다.

기요시는 영원히 깨어나지 않았다. 요한은 아침에 그를 발견했다. 그는 혹시 잘못 알았을까 봐 문가에 서서 기다렸다. 그가 무릎을 꿇었다. 간이침대의 바깥으로 빠져나온 한 손을 잡았다. 굳은살이 박인 손은 여전히 따뜻했다. 그는 손을 뻗어 노인의 입술에 붙은 머리카락 한 올을 떼어 냈다.

요한은 자신의 숨소리를 들을 수 있었다. 가게 천장에 매달린 선풍기 소리. 라디오 방송국의 조용한 수신기 잡음. 거리를 지나가는 누군가가 만들어 내는 울림. 그런 후에 찻주전자에서 끓는 소리가 났다.

기요시는 교회 뒤편의 공동묘지에 안장되었다. 페이쉬가 무덤을 팠다. 그의 고객들이 모두 참석했다. 요한은 산티와 비아가 산등성이의 나무 아래에서 교회 담장 너머를 내려다보는 것을 바라보았다.

그날 나머지 시간 동안 요한은 자기 방에 머물러 있었다. 그는 창가로 가서 산티와 비아를 기다렸지만 그들은 오지 않았다. 벽에 몸을 기대고 그는 이 남자에 대해 생각했다. 그에 대해 알지 못했지만 그가 없었다면 지난 삼 년을 자신이 어떻게 보냈을지 요한은 상상할 수 없었다. 가게에서의 나날들과 옥상에서 보낸 저녁 시간들, 그리고 두 사람이 함께 나눴던 조용한 웃음에 대해 생각했다. 그는 재단사의 친절을 떠올렸고 지금도 여전히 그것을 느꼈다.

오래전에 그가 건네받은 우산이 구석에 세워져 있었다. 그는 우산을 집어 들고 기울인 후 창문의 불빛이 비칠 때까지 바라보았다. 그는 거기 서서 우산을 쥐고 파란색 덮개의 찢긴 부분을 수선해야겠다고 다짐했다.

이후 며칠 동안 요한은 잠자는 시간을 줄였다. 날이 어두워지면 그는 방을 나갔고 심지어 가게도 벗어났다.

그는 시내 이곳저곳을 돌아다녔다. 어떤 날 밤에는 노동자들이 배에 화물을 싣는 부두에 가 보았다. 그는 광장에서 음악을 들었다. 야외 테이블의 밝은 차양 아래에 앉아 있는 연인들을 바라보기도 했다. 그는 거리의 진열창 안을 들여다보았다. 도로의 배수구에서 상한 과일 냄새를 언뜻언뜻 맡았다.

그는 눈을 감고 벽돌 벽에 양손을 얹은 채 어둠 속을 더듬거리며 골목길을 지나다녔다. 돋보기나 아이 장난감 같은 무언가에서 떨어져 나온 작은 나무 손잡이를 발견했다. 연필 상자 하나를 찾아냈다. 손바닥 크기의 모형 기차 한 대. 그는 그것들을 주머니 안에 집어넣었다.

어느 늦은 저녁에 돌아왔을 때 가게 출입문이 열려 있었다. 그가 들어섰을 때 가게 안은 어둠이 가득했다.

선반이 부서졌고 꽃병이 산산조각 나 있었다. 두루마리 옷감은 뒤집혀서 풀려 있었다. 바닥에 떨어진 마네킹은 가슴이 찢긴 채 회색 솜뭉치가 드러나 있었다.

그가 소리를 듣고 몸을 돌렸다. 그림자 진 구석에서 그는 한 남자의 형체를 보았다. 다음 순간 남자가 뛰어올라 그에게 달려들면서 출입문으로 향했다. 요한은 비틀거리다가 넘어졌다. 그가 남자의 발목을 움켜잡았다. 잊고 있던 불꽃이 그의 내부에서 되살아났다. 그는 앞으로 비틀거리며 남자의 어깨를 붙잡았다. 남자를 출입문으로 밀쳐 냈다. 쿵 소리와 함께 유리문에 몸이 부딪힌 그는 남자를 바닥에 내동댕이쳤다.

요한이 남자의 몸 위에 올라탔다. 양손을 말아 주먹을 쥐었다. 그가 도둑의 머리를 뒤쪽으로 잡아채자 목구멍이 보였고 입술이 물고기처럼 벌어졌다. 이제 그는 아래에 깔려 움직임을 멈춘 그 얼굴을 불빛 속에서 보았다. 그는 남자가 아닌 소년을 알아보았다. 요한은 자신의 이름을 들었다.

그는 소년이 하는 말을 들었다.

—날 그냥 내버려 둬.

그리고 마치 물속에서 솟아오르듯이, 그는 온몸의 힘이 풀리는 걸 느꼈다. 가게와 거리에서 밤의 소음이 다시 들렸다. 그는 일어서려고 했지만 힘이 빠져 일어날 수 없었다. 그는 탁자 다리에 등을 기대고 앉아서 바닥에 드러누운 산티를 건너다보았다.

소년은 문 옆에 누워 있었다. 셔츠가 찢어지고 코피가 흐르고 있었다. 주변에는 그가 수년간 모았고 기요시가 보관해 온 것들이 흩어져 있었다.

산티가 일어나 앉아 물건들을 쓸어 담기 시작했다. 빗, 칫솔, 신발 끈, 손거울. 담배 상자의 뚜껑은 깨져 있었다. 그래도 그는 무릎을 꿇고 그것들을 최대한 쓸어 모아 상자에 담았다.

그러다가 그는 동작을 멈췄다. 그가 가게를 둘러보았다. 그곳은 소년이 어렸을 때부터 알고 지내온 한 남자의 가겟방이었다. 그는 망가진 마네킹, 바닥에 떨어진 두루마리 옷감, 빛을 반사하며 흩어진 깨진 꽃병 조각들을 바라보았다.

—모두 쓰레기야.

산티가 말했다. 그는 그 말을 반복했다.

—모두 쓰레기야.

그리고 바닥에 주저앉아서 두 손으로 얼굴을 가렸다.

요한이 그를 향해 움직였다. 그가 일어섰다. 그가 소년을 들어 올렸고, 아이는 가만히 있었다. 그는 산티의 가느다란 두 팔이 자신의 목에 감기는 것을 느꼈다. 소년의 숨결이 진정되는 게 느껴졌다. 산티에게서 바다 냄새가 났다. 요한은 창문 쪽으로 가까이 가서 밖을 내다보았고 그를 안았다.

9

이후로 오랫동안 그는 산티를 보지 못했다. 비아도 보지 못했다. 요한은 양복점을 인수했다. 그는 아침과 저녁 시간에 일했고, 오후에는 배달을 나갔다. 그는 이층에서 지냈고 기요시의 침실은 그대로 두었다. 라디오는 계속 켜 두었다. 가게는 나날이 번창했다.

어느 날 오후에 그는 교회를 방문했다. 교회 종소리가 마을에 울려 퍼지고 있었다. 그는 페이쉬의 양복 상의 수선을 마쳤다. 어깨의 박음질이 터졌고 햇빛과 정원 일로 옷감의 색이 바래고 변색되었다. 그는 양복 상의를 개켜서 종이에 싼 후에 노끈으로 묶었다.

다른 날보다 날씨가 따뜻했다. 건물 위로 밝은 햇빛이 비쳤다. 한 이웃이 가게 앞 보도를 청소하고 있었고 조약돌이 깔린 바닥으로 물이 흘러내렸다. 그가 언덕을 오르는 동안 생선 상자를 실은 오토바이 한 대가 옆을 지나쳤다. 뚜껑 열린 상자 안에 옆으로 눕혀진 생선들이 담겨 있었다. 가끔씩 누군가가 손을 흔들거나 웃었고 그는 그들의 몸짓에 화답했다.

교회 안뜰의 나무 그늘에 낡은 차 한 대가 주차되어 있었다. 스테인드글라스 창문 아래에 자전거가 세워져 있었다. 건물 벽은 흰색이고 육중한 나무문은 진흙 빛이었다.

돌담이 건물을 에워싸고 있었다. 때때로 교회에 다른 사람이 없을 때 비아와 산티는 그곳에 앉아 페이쉬가 나타나기를 기다렸다. 그리고 그들은 자신들이 가장 오랫동안 알고 지낸 남자와 나무 아래에 앉아 있거나 집안일을 함께하며 잠시 머물러 있곤 했다.

요한이 정문을 지났다. 건물 옆으로 돌아서 좁은

돌길을 따라 걷다가 낮은 나뭇가지 아래에서 몸을 숙였다. 그가 뒤편의 정원으로 향했다.

산등성이 아래의 언덕에 작은 벽돌집이 있었다. 예전에 정원사의 헛간이었는데 확장해서 생활공간으로 바꾼 것이었다. 방 한 칸에 처마가 낮았고 벽마다 창문이 있었다. 한 벽면에 수레가 비스듬히 세워져 있고 빈 화분도 차곡차곡 쌓여 있었다.

좁은 길은 출입문으로 이어졌다. 그는 노크한 후 뒤로 물러섰다. 나무 아래로 침묵이 흘렀다. 그는 몸을 돌려 채소가 줄지어 심긴 정원을 바라보았다. 덩굴이 교회 뒤편을 뒤덮고 있었다. 저 멀리 공동묘지의 묘비와 조각상과 작은 기념비가 보였다.

벽돌집 안에서 움직이는 기척이 들려왔다. 문이 열렸고 페이쉬가 출입문에 섰다. 셔츠 위에 멜빵바지를 입었고 지팡이에 몸을 기댔다. 돋보기안경이 셔츠 주머니에 들어 있었다. 그는 요한보다 키가 컸고 몸이 말랐다. 소매를 접어 올렸고 기요시처럼 손가락 끝에 담뱃진이 배어 있었다. 그가 요한의 손을 잡고 웃었다.

—아우파이아치(재단사).

그가 말했다. 항상 그랬듯이 그는 요한의 직업을 이름처럼 부르며 맞이했다.

요한이 그에게 꾸러미를 건넸다. 교회 관리인의 뒤편으로 햇빛이 한 칸짜리 집의 모퉁이를 비추었다. 한 단짜리 서랍장, 의자 한 개, 침대 한 개, 그리고 반쯤 먹다 남긴 음식이 작은 테이블 위에 놓여 있었다. 망원경이 선반 위에 있었다.

그가 요한에게 집 안으로 들어오라고 했다. 하지만 바깥 날씨를 본 후 마음을 바꿨다.

—아.

페이쉬가 말했다.

—그래. 바깥이 더 나아.

그는 출입문을 열어 두었다. 요한이 그랬던 것처럼 겨드랑이에 꾸러미를 끼고 있었다. 양복 상의는 기요시가 작업을 시작했는데 추가로 수선을 해야 할지 말지 요한은 알지 못했다.

요한은 페이쉬에게 옷을 입어 봐 달라고 했지만 교회 관리인은 손을 휘저으며 무시했다.

그들은 좁은 길에 서서 정원을 바라보았다. 요한은 두 개의 낡은 타이어 안에 새 흙이 채워져 있는 것을 보았다.

—저걸 해변에서 찾았어.

그가 말했다.

—하마터면 쓰레기가 될 뻔했지.

요한이 고개를 끄덕였다. 타이어를 양팔에 끼운 채 언덕을 올라오는 페이쉬의 모습을 머릿속에 그려보았다.

—넌 그거 이해하지? 아니야?

페이쉬가 말했다.

그는 머뭇거렸다. 교회 관리인이 무얼 물었는지, 어떤 말을 해야 할지 확실치 않았다. 하지만 그가 대답하기 전에 페이쉬가 말했다.

—기요시.

그의 두 눈에 친절과 염려가 깃들어 있었다.

—그에게 가보고 싶지. 그렇지?

요한은 침묵했다. 그는 묘비들을 건너다보며 재단사의 묘를 찾았다. 저축해 둔 돈이 거의 없었다. 교회에서 비용을 댔다.

방 벽에 걸린 사진 한 장이 그의 눈에 띄었다. 해안 근처의 오래된 대농장 가옥을 볼 수 있었다. 한 무리의 남자들과 여자들, 아이들이 그 앞에 서 있었다. 사진의 가장자리에 선 두 사람, 날씬한 여자와 지팡이를 짚고 선 작은 남자아이를 제외하고는 모두 일본인들이었다.

페이쉬가 사진을 가져다주었다. 그가 엄지손가락으로 유리에 묻은 먼지를 닦아 냈다. 농장주가 죽은 후에 대농장이 방치되었다가 그 일대가 병원으로 변했는데, 산촌 사람들과 기계 사고를 당한 공장 노동자들을 위해서였다고 그가 말했다.

그곳은 소아마비 생존자들을 위한 요양시설이기도 했다고 말하며 페이쉬가 지팡이를 두드렸다.

—그러다가,

그가 말했다.

—제2차 세계대전 동안 집단수용소의 일부분이 되었어.

그가 사진 속 사람들을 손가락으로 가리켰다.

—일본인들을 위해, 지금 있는 판잣집들이 그때 지어졌어.

그가 말했다.

—하나의 장소. 하나의 집. 하나의 땅. 그 모든 변

화. 그곳이 예전에 품었던 모든 생명은, 그렇지만 짧았어. 좋은 점들이 있었어. 그리고 차별도. 놀랍지, 그렇지?

대농장 가옥은 더 이상 알아볼 수 없었다. 하지만 사진 속 사람들은 훨씬 더 다르게 보였는데 옷 스타일과 더불어 분명하게 설명할 수 없지만 뭔가 다른 점이 있었다. 그들의 포즈, 그들의 고요함. 아마도 그들이 더 이상 사진을 찍었던 당시의 사람들이 아니라는 걸 알기 때문일 수도 있었다. 그들의 이미지가 포착된 순간은 이미 지나 버린 시간이 되었다. 사람들은 순간순간 나이가 들고, 자신의 흔적을 남긴다.

그는 사진을 찍어본 적이 없었다. 그는 자신이 어떻게 보일지 알지 못했다. 사람들이 손에 들고 액자에 넣어 공유하는 그 작고 옅은 색의 사각형 안에서 자신이 어떻게 비칠지 그는 알지 못했다.

언젠가 그는 젊은 미국인이 수술에서 깨어난 후 침대에서 너무 빨리 일어나는 걸 본 적이 있었다. 그의 두 눈은 펭처럼 붕대에 감겨 있었다. 그는 방향 감각을 잃고 간호사가 든 의료용 쟁반을 내리쳤다. 공중으로 날아간 요오드 병이 그 환자의 거즈에 쏟아졌다. 갑자기 축축함을 느낀 그는 팔을 휘저으며 비명을 질렀고 애원했다.

—다시는 안 돼. 신이여 제발. 다시는 안 돼.

그의 몸이 떨렸고 입은 비틀렸다. 앞이 보이지 않자 지뢰에 대한 악몽이 그를 다시 덮쳤다.

요한은 천막 기둥에 기댄 채 웃음을 터트렸던 경비병을 기억했다. 그걸 지켜볼 수 없어서 자신이 눈길을 돌렸고 수선하고 있던 옷더미에 집중했던 걸 떠올렸다. 그 외면, 시선을 돌렸던 그 수치를 그는 기억했다. 그리고 흐느끼는 군인의 울음소리가 경비병의 웃음소리와 의사의 고함(—닥쳐)에 부딪히며 내던 소리를 기억했다. 그 소리는 경비병이 더 이상 재미를 느끼지 못하고 차츰 조용해질 때까지 들려왔다. 그런 후에는 온몸을 흔들며 주먹을 움켜쥔 그 환자만이 남았다. 그의 얼굴은 망가진 그림처럼 보였다.

요한은 계속해서 사진을 살펴보았다. 그가 얼굴들을 훑어보았다. 그의 시선이 끝부분의 한 남자에게 멈췄다. 남자는 몸이 말랐고 두드러진 광대뼈에 눈썹이 짙었다. 머리칼이 짧았다.

—맞아, 우리의 재단사.

페이쉬가 말했다.

—그는 제2차 세계대전에 참전했어.

그가 계속해서 말했다.

—그런데 이건 알고 있지, 그렇지? 그는 외과 의사였어. 러시아의 육군 의무병. 극동 아시아 지역. 일본을 위해서. 그가 왔을 때 나는 어렸어. 탈영병, 마을사람들이 그렇게 불렀어. 나는 높은 담장이 세워지는 걸 보았어. 군인들. 배나 트럭으로 이곳에 온 가족들. 사람들이 너무 많았어.

—어머니와 나는 그들을 찾아가곤 했지. 해안도로를 따라서 나는 어머니를 따라갔고 남자들이 어머니의 가방을 검사하는 동안 문 옆에서 기다렸어. 그런 다음에 우린 안으로 들어갔고 사람들이 판잣집과 오두막집에서 나왔어. 어머니는 학교 선생님이었어. 그들에게 언어를 가르치고, 책을 읽어 주고, 음식을 가져다주었지. 그때 기요시는 아주 젊었어. 그의 인내심과 상냥함을 기억하고 있어. 내가 말하려고 할 때 내게 귀를 기울이고 안경을 조정하

는 방식. 두 손을 맞잡고 엄지손가락을 빙글빙글 돌리며 귀를 기울이는 방식.

—들판에 탁자 한 개가 놓여 있었어. 날씨가 맑은 날에는 태양이 탁자 겉면을 비췄고 거뭇한 피 얼룩을 볼 수 있었어. 난 겁에 질려서 수용소 안으로 들어가려고 하지 않았지. 군인들이 남자들을 베는 줄 알았거든. 그리고 여자들과 아이들도. 사람들이 잡은 생선을 손으로 가리킨 건 기요시였어. 탁자로 생선을 가져다가 날 위해서 요리까지 해주었지. 그는 인내심이 있었어. 절대 서두르지 않았지. 자신이 가야 할 수많은 장소에 가 보았고 더 이상 놀랄 일이 없는 사람처럼 보였지.

요한은 시선을 돌려 정원 너머를 바라보았다. 그의 눈길이 교회 담장 위에서 뒤얽혀 처마를 향해 기어오르는 덩굴에 고정되었다.

가족이 있었느냐고 그가 물었다. 페이쉬가 고개를 저었다. 그는 알지 못했다. 만약 있었다고 하더라도 재단사는 절대로 말하지 않았을 것이다.

—그는 우릴 위해 저글링을 하곤 했어. 정말이야. 그가 나한테 돌을 고르라고 말하고 어머니는 다른

돌을 고르는 식이었어. 우리는 기요시의 머리 바로 위에서 돌들이 원을 그리며 움직이는 걸 지켜봤어. 그런 후에는 돌들이 위로, 더 위로 올라가면서 원이 가늘어졌고, 물가의 넓은 들판에서 그의 등이 뒤로 휘어졌어. 넌 여전히 공중에 있어, 그는 항상 이렇게 말해서 나를 웃게 만들었어.

—그는 자신이 그곳에서 행복하다는 걸 어머니와 나한테 확인시켜 주고 싶었던 것 같아. 그들 모두가 그랬어. 새로운 삶을 시작하려고 이곳에 온 모든 남자와 여자들. 몇 년 동안은 일어나지 않았던 일이었어.

—요즘 생각해보면 기요시가 어머니와 약간은 사랑에 빠졌던 것 같아. 어머니도 그와 조금 사랑에 빠졌어. 이게 사실인지는 잘 모르겠어. 난 절대로 알 수 없을 테지. 그런데 이유를 설명할 수 없지만 난 이걸 상상하면 행복해.

그는 이야기가 계속되기를 기다렸지만, 페이쉬는 그러지 않았다. 거리 쪽에서 수레바퀴 소리가 들렸다.

—그래, 자.

페이쉬가 말했고 지갑을 꺼냈다. 요한이 거절하자 그는 한숨을 쉬었다.

—나한테 자선을 베풀어야 한다고 생각해?

그가 말했다.

—왜?

페이쉬는 대답을 기다리지 않았다. 대신에 그는 요한의 셔츠 주머니에 돈을 집어넣고 고맙다고 말했다. 그가 손을 흔들며 좁게 구역이 나눠진 땅을 가로질러 갔다.

—언젠가는,

그가 말했다.

—네가 와서 이걸 도와주게 될 거야.

—네.

요한이 말했다. 교회 관리인은 지팡이에 의지한 채 종이 꾸러미를 겨드랑이에 끼고 자리를 떴다.

바람이 불어와 벽돌집 문짝을 앞뒤로 흔들었다. 정원에서 페이쉬는 몸을 숙이고 잡초를 뽑기 시작했다. 나무에 내리비친 햇빛이 돋보기안경에 반사되었고 셔츠 주머니 안의 안경이 금방이라도 땅에 떨어질 듯했다.

10

그들은 트럭 짐칸에 실려 근처 숲으로 이송되었다. 그가 포로수용소의 담장을 벗어나는 유일한 시간이었다. 그는 온종일 나무를 벴다. 경비병들은 위쪽의 높은 강둑에 모여 있었다. 그들은 그 나무로 여분의 수용시설을 짓고 불을 피울 것이었다.

휴식 시간이 주어지면 그들은 강 안으로 들어갔다. 몇몇은 목욕을 했고 나머지는 시원한 물속에 앉아 있거나 얼굴과 목을 씻었다.

포로수용소에서 보내는 두 번째 해였다. 요한은 숨을 참고 물속에 몸을 담근 후에 자신의 몸 위로 흐르는 물결의 흐름을 느꼈다. 그 생명을.

펭이 그의 옆에 누워 있었다. 펭의 몸이 물속에 잠겼고, 눈을 가린 붕대의 일부분이 풀리기 시작했다. 그들은 바위를 붙잡고 있었다. 좀 전에 두 사람은 요한의 마을에 있는 강에 대해 이야기했다. 따뜻한 계절이 되었을 때 그들이 그곳에서 어떻게 수영을 했었는가에 대해. 아이들 각자가 마치 한 척의 배가 된 것처럼 느린 물살과 서로의 결을 헤치며 나아갔다. 모든 아이가 그렇게 했다.

언젠가 한 소녀가 몸이 뒤집힌 채 움직이지 않고 물속에서 떠올랐는데 잠시 혼란스러워하다가 고함을 질렀다고, 요한이 말했다.

그 소녀가 누군지 알았느냐고 펭이 물었다. 요한은 기억하지 못했다.

—내가 거기 있었어?

펭이 말했다.

두 사람은 물속에서 숨을 참으며 잠시 서로를 바라보았다. 태양이 두 사람을 비추었고 그들의 몸이 둥둥 떠다녔다. 요한은 미소 지었다. 그런 후에 두 눈을 감았다.

펭이 언제 떠내려갔는지 그는 전혀 알 수 없었다.

그저 다시 옆을 봤을 때 그는 그곳에 없었다.

순식간에 벌어진 일이었다. 강둑에서 경비병이 고함을 질렀지만 펭은 움직이지 않고 그대로 물살을 따라 떠내려갔다. 그의 몸은 강을 따라서 더 빨리 움직였다.

경비병 둘이 강둑을 따라서 뛰기 시작했다. 펭은 점점 더 작아졌다.

펭이 그 고함을 들었는지 그는 항상 궁금했다. 아마도 그는 몽상에 잠겨 있었을 것이다. 아마도 잠이 들었을 것이다. 아마도 그는 무슨 일이 벌어지고 있는지 알았고 더 이상 신경 쓰지 않았을 것이다.

그는 스물여섯 살이었다. 관객들 앞에서 하늘로 뛰어오르는 이 청년을 요한은 소년이었을 때 아버지의 어깨 위에서 처음 보았다. 언젠가 펭은 숲속의 나무 그루터기에 기진맥진한 채 앉아 있었다. 다리 사이에 소총을 끼고 초승달 모양의 주황색 껍질을 입에 물고 얼어붙은 미소를 지었다.

수용소에서의 첫날, 그는 허공으로 손을 뻗어 요한의 손목을 잡았다. 펭은 자신들이 어디에 있는지, 무슨 일이 일어나고 있는지 물었다. 갑자기 그들은 남자들과 낯선 언어에 둘러싸여 있었다. 헬리콥터의 굉음이 귀를 먹먹하게 한 아침이었다. 요한은 붕대를 감은 얼굴이 어깨에 닿는 것을 느꼈다. 그는 펭의 손을 잡고 병영과 막사, 오래된 공장과 천막, 묘지와 뜰이 있는 들판을 바라보았다.

그날 오후에 숲에서 네 발의 총소리가 났고 그 소리는 강을 가로질러 메아리쳤다. 멀리서 물줄기가 공중에 흩뿌려졌다.

그것이 펭을 보았던 마지막 순간이었다. 찰나의 광기 속에서 주변의 모든 이들이 높은 강둑으로 뛰어가는 동안 요한은 흐르는 강물에 뿌리가 박힌 듯 그곳에 서서 몸을 움직일 수 없었다. 모든 소음이 빛처럼 그를 덮쳤다.

그는 아무것도 하지 않았다. 그는 숨을 참았다. 마치 기도하듯이 그는 두 손을 꽉 맞잡고 물살을 따라 떠내려가는 친구의 창백한 피부를 눈으로 좇았다.

일주일 후에 단체복을 세탁하다가 그는 옷을 잡아 찢었고 깜짝 놀랐다. 그는 손에 들린 찢긴 옷감을 내려다보았고 울었다.

전쟁이 끝난 후 거의 일 년이 될 때까지 그는 수용소에 남아 있었다. 포로들 대부분이 수용소를 떠난 후였다. 야전병원은 여전히 운영 중이었다. 의사와 간호사들이 남아 있는 미국인들과 살아남은 포로들을 돌보았다. 그때쯤 그들은 요한에 대해 잘 알게 되었다. 요한은 수건과 드레싱이 담긴 의료용 쟁반, 물 양동이와 국자를 옮기며 의료진이 하는 일을 도왔다.

경비병은 이제 그를 감시하지 않았다. 그는 원할 때 언제든지 주변을 자유롭게 걸어 다닐 수 있었다. 밤에는 막사에 혼자 있었다. 침묵과 공간의 크기에 익숙해지지 않았다. 그는 항상 잠을 자던 구석에서 잠을 잤다. 필요할 때마다 여분의 담요가 지급되었다.

어떤 날에는 들판과 먼 농가를 바라보며 바깥에서 밤을 보냈다. 농가의 창문 너머에 등불 한 개가 켜져 있었다. 또 다른 날 밤에는 공장으로 걸어가서 남자들과 카드 게임을 했다.

어느 날, 야영 천막에서, 그는 탁자 아래의 재봉틀

을 꺼냈다. 그는 낡고 찢어지고 버려진 옷들을 수선하기 시작했다. 이제는 굳이 그럴 필요가 없었지만 뭔가 할 일이 있어야 했기 때문이었다. 그는 구부러지고 튀어나온 부분을 느끼며 코를 문질렀다. 그는 작업의 흐름에 집중했다. 그 일은 그에게 꼭 알맞은 일이었다.

그는 주변의 옷들을 모두 찾아내 온종일 혼자서 천막 안에서 일했다. 옷들을 세탁하기도 했다. 그러자 아직 주둔 중인 사람들이 찾아와서 입었던 셔츠를 건네기 시작했다.

최악의 겨울이 지나갔다. 대지는 회색이었다.

그곳에서 보낸 마지막 날에 요한은 수용소의 가장자리까지 걸어갔다. 그가 철조망 울타리 사이로 손가락을 밀어 넣었다. 산속 어디에선가 떠돌이 행상인의 종소리가 들려왔다. 발소리가 들렸다. 몸을 돌리자 라몬트가 다가오는 것이 보였다.

—스노우맨.

라몬트가 말했다. 그는 호기심을 보이며 요한의 뒤편에 섰다.

나무들 사이 어딘가에 연 하나가 걸려 있었다. 간

호사에게 초콜릿을 받았던 그 이름 없는 소년은 포로들을 소리쳐 부르곤 했다.

—헤이, 아저씨!

그런 다음에 들판 위로 뛰어갔다. 얼레에 감긴 연줄이 풀리자 소년의 어깨 위로 연이 높이 떠올랐다.

연은 거의 매번 숲 가장자리에서 뒤엉켰다. 그러면 소년은 인내심을 갖고 나무 위로 올라갔고, 모든 이들이, 경비병들 역시, 높이 매달린 나뭇잎 사이로 소년이 사라지는 걸 지켜보곤 했다.

그 순간 모든 사람이 숨을 죽이며 소년이 어디로 갔는지 궁금해하는 것처럼 보였다. 그러다가 나뭇잎 사이에서 손 하나가 나타났고 수용소에서 환호가 터져 나왔다.

소년이 어디에서 사는지 그는 끝내 알지 못했다. 한 계절 동안 그곳에 머물렀다가 더 남쪽으로 이동했을 거라고 그는 생각했다.

소년은 키가 작았다. 아이는 한쪽 손의 기능을 잃어버렸다. 손목에서 꺾인 그 손은 항상 제멋대로 주먹 모양으로 소년의 옆구리에 매달려 있었다. 아마도 지뢰. 그래도 소년은 양 허벅지와 튼튼한 한 팔을 이용해서 재빠르고 솜씨 있게 나무를 기어 올랐다.

결국 그 연은 나무들 사이에서 마지막으로 부딪친 후에 찢어졌다. 연이 찢기는 소리가 수용소까지 들려왔다. 남자들은 하던 일을 멈추고 몸을 돌렸다. 그들은 웃음을 터트렸고 소리를 질렀고 손뼉을 쳤다.

소년이 나무 밑동 가까이에 갔다. 아이가 손차양을 만들어 고개를 들었다. 나뭇가지의 뾰족한 끝이 연의 한쪽 날개를 관통했다.

요한은 소년이 한 번 더 나무에 오르기를 기대하며 기다렸다. 하지만 소년은 그렇게 하지 않았다.

이후 몇 달 동안 연은 나무에 그대로 남아 있었다. 비가 내린 몇 주 동안에도 연은 거기 있었고, 낙엽이 지기 시작할 때도 거기 있었다. 연 종이는 새까매졌고 모양이 변형되었다. 그러다가 눈이 내려 먼지를 씻어 주었고, 한 번 더 색깔이 밝아졌다. 밤이 되면 마치 나무에 걸린 달처럼 그 연은 빛을 발했다.

때때로 요한은 자신이 기다리고 있는 해안인 듯

그 연을 바라보곤 했다. 그러다가 겨울이 깊어졌고 그는 더는 그렇게 하지 않았다.

이제 그는 그것을 찾아보았지만 발견할 수 없었다. 의식이 돌아온 후 손목이 묶였고, 트럭이 움직이는 대로 몸이 따라서 흔들리던 그날로부터 거의 삼 년이 흐른 때였다. 버지니아 출신의 라몬트가 그를 내려다보며 씩 웃었고 엄지손가락을 치켜세웠다.

그들은 철조망 울타리 옆에 섰다. 라몬트가 무슨 말을 하려는 것처럼 그를 돌아보았다. 그러다가 그는 요한의 시선을 따라서 위를 올려다보았다.

11

기요시가 세상을 떠나고 3개월 후에 요한은 그가 짓고 있던 아동용 코트 한 벌을 발견했다. 그 코트는 노인의 방 안쪽 구석에 있는 서랍장에 있었다. 여러 벌의 다른 옷들 사이에 그 코트가 개켜져 있었다. 옷들은 각각 크기가 달랐고 한 번도 입지 않은 새 옷들이었다.

그는 코트를 가게로 가져와서 조명에 비추어 보았다. 옷은 아직 완성되지 않았다. 안감과 단추가 없었고 소맷부리는 단을 달아야 했다. 하지만 그는 옷의 짜임새와 모양에 감탄했다.

그 옷이 누구의 것인지 그는 알지 못했다. 그는 마

네킹에 옷을 입히고 창문을 통해 보이도록 해두었다.

그 일주일 동안 그는 가게를 찾아온 모든 고객에게 물어보았다. 배달을 갈 때면 옷을 받는 사람들에게도 물었다. 혹시 다른 사람들에게 물어봐 줄 수 있는가 하고 그는 고객들에게 부탁했다.

—잃어버린 옷이 있나요?

그가 말했다.

사람들은 고개를 저었다. 그 옷은 누구의 것도 아닌 것 같았다. 적어도 이 마을에 사는 누군가는 아니었다.

어느 날 오후에 그는 창문 가까이에 섰다. 한 무리의 아이들이 제과점 앞에 모여 있었다. 교회 종이 울렸다.

가게 문을 닫으려면 두 시간이 남아 있었다. 하지만 그는 출입문의 안내판을 뒤집었다. 그가 아동용 외투를 가져다가 작업대 위에 올렸다. 넥타이의 매듭을 풀고 셔츠 소맷단을 걷어 올렸다. 재봉틀은 옆으로 밀어 두었다.

그는 인내심을 갖고 작업했다. 한동안 재봉틀 없이 일한 적이 없었다. 그는 그 작업, 손가락을 움직이는 그 일로 다시 돌아가게 되어 기뻤다. 시간 가는 줄 모르고 작업에 빠져들었다.

낮이 지나고 저녁이 시작되었다. 때때로 그림자가 나타났다. 한 여자가 창문에 손을 대고 서 있었다. 어떤 남자는 노크를 했고 그를 불렀다. 그는 라디오의 볼륨을 높이며 그들을 무시했다.

작업을 끝낸 후 그는 코트를 옷걸이에 걸고 자리에 앉아서 바라보았다. 팔과 어깨의 모양을 보았다. 마치 어린아이가 허공에 떠 있는 것 같았다.

지금이 몇 시인지 알 수 없었다. 바깥은 어두웠고 거리는 텅 비어 있었다.

그가 일어나 가게 안을 서성대기 시작했다. 그는 피곤하지 않았다. 차를 끓였다. 옷감을 정리하고 줄자를 감았다. 계단을 올라 방으로 향하면서 누우면 잠이 올 것 같다고 생각했다. 대신에 그는 어두운 창가에 서서 언덕 마을을 내다보았다.

곧이어 비가 내리기 시작했다. 비는 거리와 항구를 가로지르며 떨어졌다. 그가 창문을 열었다. 비는 옥상 타일에 부딪치며 마을의 소음을 집어삼켰다. 그는 허공으로 손을 내밀었고 피부에 닿는 차가운

물방울을 느꼈다.

갑자기 집에 아무도 없다는 사실을 깨달았다. 잠에서 깼을 때 아래층에 아무도 없으리라는 것을.

천장이 기울어진 방 창가에 그는 그대로 서 있었다. 그는 잠을 자지 않았다. 가게 간판이 깜박거렸고 방 벽에 불빛이 비쳤다. 밤이 지나갔다.

동트기 전에 그는 아래층 가게로 돌아갔다. 기요시의 가죽가방 하나를 가져와서 아동용 코트를 넣었다. 그가 비옷을 입었다. 모퉁이에 있는 기요시의 자전거를 찾아냈다. 그는 가게 출입문을 열고 바깥을 향해 자전거를 밀었다.

비는 그쳤지만 이제 공기는 서늘해졌다. 젖은 조약돌과 흙냄새를 맡을 수 있었다. 가로등은 여전히 빛나고 있었다.

그는 한참 동안 도로 아래로 자전거를 밀었다. 그는 망설였다. 주변에 아무도 없었다. 안장에 다리를 걸쳤다. 그가 천천히 페달을 밟기 시작했고 도로를 빙빙 돌면서 양복점 앞을 몇 차례 지나쳤다. 그런 후에 더 빨리 자전거 페달을 밟기 시작했다. 도로의 입구에 닿자 다시 돌아왔다.

그가 도로를 따라 언덕의 비탈길을 내려갔다. 이제는 더 빨리 셔터 내린 상점과 카페들을 지나쳤다. 항구에 도착한 후 다시 방향을 돌렸고 해안도로에 다다랐을 때 속력을 높였다.

그의 머리 위로 별들의 들판이 펼쳐졌다. 하늘의 숨결. 바다의 표면으로 난 빛의 항로. 왼편에 언덕 마을이 있고 모든 창문이 흐릿한 이미지처럼 보였다. 마치 또 다른 바다, 또 다른 물줄기가 높은 경사면을 가로질러 드리워진 것 같았다.

해안도로는 비어 있고 밝았다. 그는 두 눈을 감았다. 몸을 뒤로 젖히고 다리를 곧게 펴면서 자전거 바퀴 소리를 들었다. 자전거의 속도가 느려질 때마다 앞으로 몸을 구부리며 페달을 밟았다.

그는 이런 식으로 왔다 갔다 했다. 정착촌과 반짝이는 등대와 북쪽 도시들을 향해 나아갔다가 다시 부두 쪽으로 되돌아왔다. 턱이 위로 들렸고 달빛을 받은 몸이 부드럽게 펴졌다. 그는 미소 짓고 있었다.

해안을 향해 밀려오는 파도 소리를 들을 수 있었다. 그는 그 소리가 끝나지 않기를 바랐다. 밤이 계속되어 항상 어두울 것 같았고, 조용히 밝혀진 전깃

불이 마을을 영원히 밝게 비출 것만 같았다. 밤의 세계가 외따로 있을 것 같았다.

그는 가슴이 가벼워지는 걸 느끼며 시원한 공기를 들이마셨다. 공기의 맛을 느낄 수 있었다. 그에게 닿기 위해 아주 먼 길을 여행한 것처럼 오래되고 풍부한 맛이 났다. 공기가 품은 세월을 맛보는 것 같았다. 지나간 세월과 그동안 공기가 거쳐온 대지, 공기가 지나쳐 온 사람들을 느낄 수 있었다. 그는 그것이 어떻게 자신에게 들어왔고 지금 자신이 어떻게 그것을 품게 되었는지 생각했다.

그는 다시 한번 눈을 감았다. 이전에 살았던 사람들과 그때의 시절에 대해 생각했다.

그는 속도를 늦추며 정착촌으로 다가갔다. 해안가 나무들 사이로 들판의 판잣집과 대농장 가옥의 부서진 옥상을 알아볼 수 있었다. 물결이 출렁일 때마다 작은 만에서 보트와 카누들이 흔들리고 있었다. 그는 나무들이 흔들리고 굴뚝 위로 가느다란 연기가 피어오르는 걸 알아차렸다. 판잣집 바깥으로 어부들이 나타나기 시작했고 공장 노동자들이 도로를 향해 걸어갔다.

그곳에서 잠시 더 있다가 그는 어깨의 가방을 고쳐 멨다. 그는 마을로 되돌아갔다.

아침이 찾아왔고 마을은 꺼져 가는 불씨 색깔이 되었다. 그의 뒤를 따라온 안개가 언덕을 오르고 있었다. 그는 자전거를 밀며 걸었다. 거리는 여전히 고요했다. 양복점을 지나 도로 위쪽으로 걸어가는 그의 숨결은 차분했다.

교회의 전등이 켜져 있고 불빛이 스테인드글라스 창을 비추고 있었다. 그는 들판으로 접어든 후 그 나무를 향해 걸었다.

그곳, 그 언덕에서, 그는 휴식을 취했다. 날씨를 확인하는 사람들의 모습이 창문에 나타나기 시작했다. 시장 쪽으로 향하는 수레 소리가 들렸다. 뒤편의 들판에는 노새와 소들이 벌써 풀을 뜯고 있었다.

대지를 가로질러 산속으로 이어지는 길은 단 하나뿐이었다. 그는 그 산이나 혹은 그 너머에 가본 적이 없었다. 길이 얼마나 멀리 뻗어 있는지, 그 길이 끊어지지 않고 온 나라를 연결하고 있는지도 알지 못했다.

저 멀리 산등성이에서 바구니를 들고 버섯을 따는 흰옷 입은 사람이 보였다.

그는 여전히 깨어 있는 느낌이었다. 그가 숨을 멈추었다가 내쉬었다. 그 순간, 이제 더는 알아야 할 것이 없다고 여겨졌다.

마을을 향해 돌아섰을 때 그는 곳에서 걷고 있는 어떤 형체를 보았다. 그는 나무 아래에 섰다가 그 사람이 가는 방향으로 따라 걸었다. 나무의 빗방울이 그의 비옷과 주변의 진흙 위로 떨어졌다. 안개가 짙었다. 안개 속에서 그 형체는 사라졌다가 나타나기를 반복하며 회색빛 속에서 점점 더 선명하게 그를 향해 다가왔다.

비아였다. 그녀는 챙이 긴 모자를 쓰고 배낭을 메고 있었다. 그녀가 들판을 가로질러 언덕을 올라갔다. 부츠에 진흙이 얼룩덜룩 묻었고 바짓가랑이가 젖어 있었다.

그는 한동안 그녀를 보지 못했다. 그녀가 그의 맞은편에 섰다. 두 사람은 나무 아래에 있었다. 비아가 모자 안으로 머리칼을 집어넣었다. 목걸이를 했던 목둘레에 연한 색의 실선이 드러나 있었다.

다른 이가 오는지 보려고 그가 그녀의 뒤쪽을 바라보았다. 커다란 배 한 척이 항구를 떠나고 있었다.

—그는 갔어.

비아가 말했다. 소년은 떠났다.

어디로 갔느냐고 물었다. 그녀가 어깨를 으쓱했다. 그녀는 알지 못했다.

비아가 배낭끈을 조정한 후에 미소 지었다.

—그는 돌아올 거야.

그녀가 말했다.

그녀도 떠날 거냐고 물었다. 어디로 갈 거냐고.

—북쪽.

그녀가 말했다.

그녀는 부츠를 내려다보며 양 발의 뒤꿈치를 부딪쳐 진흙을 털어 냈다.

—다른 방식의 겨울이 될 거야.

그녀가 말했다.

그는 침묵을 지켰다. 그가 가방을 열었다. 신문지에 싸서 가져온 음식을 그녀에게 건넸다.

그런 후에 그가 아동용 외투를 들어 올려서 펼쳤다. 그녀가 볼 수 있도록 외투를 들었고 비아의 한 팔을 잡아 소매 안으로 밀어 넣었다. 그런 후에 다른 쪽 팔도.

그녀에게 옷을 입힌 후 그는 깃을 부드럽게 펴고 단추를 확인했다. 어깨는 맞았지만, 길이가 조금 짧았다. 밑단이 허리 위에 닿았고 소맷부리가 짧아서 손목이 드러났다. 그래도 요한은 코트의 단추를 채웠다. 비아가 얼굴을 붉히며 그의 눈길을 피했다.

그는 무슨 말을 해야 할지 몰랐다. 그녀가 코트의 단추를 살펴보더니 미소 지었다. 단추에 닻이 새겨져 있었다.

—오랫동안 떠나 있을 거야?

그가 말했다.

그녀는 대답하지 않았다. 그녀가 자전거 쪽으로 갔다. 나무에 비스듬히 세워 둔 자전거의 손잡이를 잡았고 그의 허락을 기다렸다. 그가 고개를 끄덕였다.

—요한.

그녀가 말했다.

—또 만나게 될 거야.

그녀가 돌아섰고 산으로 이어지는 들판으로 들어섰다.

그는 나무 아래에 남아 있었다. 그는 그녀가 시골길을 따라 나아가는 걸 지켜보았다. 노새 한 마리가 다가오자 그녀가 걸음을 멈췄고 손바닥을 들어 올렸다. 그녀는 계속해서 자전거를 밀며 웅덩이를 피해서 나아갔다.

그는 주먹을 치켜들고 마네킹 앞에 서 있던 산티를 떠올렸다. 그의 얼굴은 매듭과도 같았다. 팔은 창과 같았다. 요한은 소년이 기억하지 못하는 그의 부모를 생각했다. 해변의 소년과 소년이 뒤를 좇아간 배들. 그의 조용한 폭력.

그는 재단사의 청년 시절과 이곳까지의 여정을 상상해 보았다. 자신이 그랬던 것처럼 그 역시 느리게 움직이는 배를 타고 대양을 건너왔을 것이다. 그는 기요시가 제복을 입고 있었을지 궁금했다. 그에게 가족이 있었는지, 만약 있다면 그들이 어디에 있었을지. 그가 도망을 쳤다면 무엇으로부터 달아났는지. 그가 놓쳐 버린 것이 무엇인지, 그리고 한 번 더 뒤져 보고 찾는다면 무언가를 되찾을 가능성이 있었는지. 이곳에서 멀리 떨어진 어딘가에 그를 기억하는 사람이 있었는지.

그는 지난 몇 년의 세월이 자신의 삶 속에 깃든 또 하나의 삶이라고 생각했다. 그것은 마치 들고 다닐 수 있는 물건과도 같았다. 작은 상자. 손수건. 돌. 삶이 어떻게 사라질 수 있는지 그는 이해하지 못했다. 심지어 어떻게 그런 일이 가능할 수 있는지도. 마지막으로 내부를 향해 손을 뻗기 전, 마지막으로 누군가의 손을 만지기 전, 어떻게 그것이 순식간에 닫혀버릴 수 있는지. 어떻게 지금의 삶 이전의 삶에 대해 아무도 궁금해하지 않는 날이 올 수 있는지.

그녀는 멀리 떨어져 있었다. 그녀가 산을 향해 다가갔을 때 그는 그녀의 어깨 모양을 볼 수 있었다. 비스듬한 햇볕이 아동용 코트와 바큇살을 비추고 있었다.

그는 자신의 양팔을 껴안았다. 나무에서 빗방울이 계속 떨어졌다.

이제 그는 혼자가 되었다. 배의 갑판에서 처음 그녀를 본 지 거의 4년이 흘렀다. 배를 찾아왔던 소녀, 그리고 산티에게 해안을 보여주었던 선원의 친절. 아침 빗속의 우산 선물. 허공으로 높이 솟아오른 스카프의 끝자락, 그리고 달리기 시작한 그녀의 뒤를 따라간 소년.

그녀가 점점 희미해졌다. 그녀는 계속 나아갔다.

12

그는 동트기 전에 일찍 일어나 집 옆의 언덕에 올라가곤 했다. 그곳에서는 저 멀리 반쯤 지어진 굴뚝이 있는 농가 한 채를 볼 수 있었다. 나무와 돌로 지어진 미완성의 구조물. 물주머니 같은 여섯 개의 창문.

어떤 날, 오래 기다린 후에, 창문 너머로 촛불이 나타났다. 이어서 벨 소리가 울렸다.

그런 후에 남자들과 여자들이 숲에서 나왔다. 젊은 사람들이었다. 아이들도 있었는데 몇몇은 스스로 걸었고, 몇몇은 아버지와 어머니의 어깨나 등에 매달려 있었다.

그들은 유랑극단 단원들이었다. 낡은 회색 셔츠에 모자를 쓰고 목도리를 두르고 한 줄로 길게 서서 들판을 가로질렀다.

여름이 끝나가고 있었다. 그는 풀밭에 엎드려 몸을 숨긴 채 한 남자가 농가의 문간에 나타나는 걸 지켜보았다.

이 사람이 그의 아버지였다. 그는 키가 컸고 머리를 뒤로 넘겨 끈으로 묶었다. 그는 농장 일꾼이었다. 농장은 그들이 한 번도 본 적 없는 나가사키에 사는 일본인 조선업자 지주를 위해 개축되고 있었다.

아버지가 양동이와 천 조각을 나눠 주자 단원들이 그것을 어깨에 걸쳤다. 그런 후에 그들은 집을 에워쌌다.

여전히 어두운 산을 배경 삼아 몇몇 별들이 하늘에 떠 있었다. 요한은 벽과 창문을 청소하는 단원들을 지켜보았다. 몇 사람은 풀밭에 웅크려 있고 다른 이들은 사다리를 탔다. 또 다른 사람들은 높은 모퉁이까지 닿기 위해 서로의 어깨에 올라탔다.

그에게는 난파선처럼 보이는 건물을 단원들이 빙

빙 도는 동안 그는 그들의 뒤를 따라갔다. 몇 사람은 허리에 밧줄을 묶고 아버지와 함께 굴뚝에서 일했다. 옥상을 빙빙 돌면서 사람들이 낮은 하늘에 매달려 있는 동안 갑작스럽게 울린 망치 소리가 아침을 가득 채웠다. 그들이 갈라지고 사라졌다가 다시 모이는 것을 그는 지켜보았다. 이른 아침의 햇살 속에서 천 조각들이 둥실 떠올랐다.

그때는 15년 전이었고 제2차 세계대전 기간이었다. 요한은 열두 살이었다. 그리고 공중에 높이 떠 있는 아이 중 하나는 머리칼에 회색 줄무늬가 있는 소년, 펭이었다. 하지만 두 사람은 나이가 더 들 때까지 만나지 않을 것이었다.

나중에 극단 사람들은 작업의 대가로 음식을 받았고 숲으로 돌아갔다. 그들은 숲에서 야영하며 일주일 동안 머물렀다. 그런 후에 이웃 마을로 이동했고 계절이 바뀌면 다시 돌아왔다.

그들은 전국을 돌아다녔다. 마을에서 그들은 연극과 곡예와 마술을 공연했다. 때때로 밤이 되면 아버지는 찻집에서 술을 마시곤 했고, 요한은 야외의 보도에 남아 있을 수 있었다. 그는 군중 사이에서 광장의 공연을 볼 수 있었다.

그는 꼭두각시의 팔다리가 오르락내리락하는 걸 지켜보았다. 칼날의 반사. 무대를 가로지르며 움직이는 색색의 리본. 한 남자가 코트를 열었고 열두 마리의 새가 갑자기 허리춤에서 나타났다. 남자의 허리띠에 연결된 끈에 묶인 새들이 공중으로 날아올랐다.

그는 위대한 비극 작품에 대해 들었다. 사랑 이야기들. 마을 사람들이 박수를 보낼 때 그도 박수를 쳤다.

그런 후에 아버지가 그를 찾아냈고 그들은 집으로 돌아갔다. 마을을 벗어나 도로를 따라서 걷는 동안 공연 소리가 희미해졌다. 등불의 불빛에서 멀어지면서 그의 두 눈은 차츰 어둠에 익숙해졌다. 그는 자신 안에 깃든 에너지에 귀를 기울이면서 될 수 있는 한 천천히 걸었다. 아버지가 잠들고 그가 다시 바깥으로 나와 극단이 마을에서 돌아오기를 기다리며 한 번 더 언덕을 오를 때까지 그 에너지는 그에게 남아 있었다.

어떤 날 밤에 아버지는 단원들이 들판에서 공연

연습을 할 수 있도록 허락했다. 요한은 모닥불 속에서 빛을 발하며 허공으로 솟구치는 몸들을 언덕에서 바라보았다. 다른 날 밤에는 아이들이 축구를 하거나 번갈아 가며 자전거를 탔다. 아이들이 그를 불렀다. 달빛 속에서 그들은 민첩했다. 그들의 목소리가 희미해졌다.

여름이면 개똥벌레가 대지를 에워쌌다. 요한과 아이들이 들판에서 페달을 밟거나 공을 뒤쫓는 동안 수백 마리의 개똥벌레가 공중에서 빛을 발했다. 때때로 그의 아버지도 합류해서 누군가가 골을 넣으면 박수를 쳤다.

그는 그들에게 친절하게 대하는 아버지의 태도에 놀랐다. 단원들이 곁에 있을 때 아버지는 인생에서 몇 번밖에 보여주지 않았던 장난기를 드러냈다. 요한이 태어났을 때 아버지는 마흔 살을 훌쩍 넘겼다. 그는 고독한 남자였고 누군가와 함께 있는 데에 익숙지 않았다. 아버지는 아이들에 대해 거의 알지 못했다. 아내가 출산 후에 세상을 떠나자 그는 홀로 요한을 키웠다.

그들의 집은 단칸방이었고 농장에서 마을과 가장

가까운 지점에 있었다. 그들에게는 노새가 있었다. 정원도.

집을 떠나기 전 몇 년 동안 요한은 주변 지리에 대해 아무것도 알지 못했다. 오랜 시간이 흐른 후, 세상 밖으로 멀리 나와서, 언덕 마을에 있는 상점의 지도 앞에 멈춰 섰을 때야, 그는 자신이 동해와 러시아 국경에서 얼마나 가까운 곳에서 살았는지 이해하게 될 것이었다.

그는 바다에 가 본 적이 없었다. 산 너머 더 먼 곳을 상상할 수 없었던 시절이었다. 그는 섬만큼이나 커다란 배들이 있다는 걸 알지 못했다.

언젠가는 아버지가 하는 일을 물려받을 거라고 생각했다. 충분히 나이가 들었을 때 그는 땅을 가꾸는 일을 도왔다. 그러나 대부분은 두 사람이 따로따로 지냈다. 농장의 테두리 안에서 각자의 일정에 따라 생활했다. 아버지는 헛간에 그리고 요한은 언덕에 있었다. 아버지는 농가를 살폈고 요한은 정원을 돌보았다.

그들은 날마다 함께 저녁 식사를 했다. 그런 후에 아버지는 집 뒤편의 창고에서 몇 시간을 보내기 위해 바깥으로 나가곤 했다. 작업실로 개조한 창고는 젊었을 때 도예를 배워 아마추어 도예가가 된 아버지를 위한 곳이었다.

저녁이 되면 요한은 집 안팎의 바닥을 쓸거나 도로에서 서성이면서 녹로가 돌아가는 소리를 들을 수 있었다. 그럴 때마다 그는 극단이 여행을 마치고 돌아왔는지 궁금했다. 매서운 추위가 몰아치는 날이면 아버지는 밤을 새워 일하기도 했다. 나무들 사이로 가마의 연기가 피어올라 집 굴뚝의 연기보다 더 높이 솟아올랐다.

요한은 바닥에서 잠이 든 아버지를 발견하곤 했는데 아침 햇살이 점토로 뒤덮인 그의 몸을 기어오르고 있었다. 요한은 아버지를 위해 물 한 양동이와 음식을 가져왔다. 만약 너무 이른 시간이면 장화를 벗기고 이불을 덮어 준 후에 그가 깰 때까지 거기에 있었다.

어떤 날 오후에는 아버지를 도와서 항아리와 꽃병을 마을로 옮겼다. 아버지는 그것들을 시장에 내다 팔았다. 그들은 몇 시간 동안 담요 위에 앉아 있었고 때로는 생필품이나 평소 자주 먹지 않는 음식과 도기들을 맞교환하기도 했다.

시장터에는 공예가와 행상인, 생선 장수와 푸줏간 주인, 군부대에서 외출한 일본인 군인, 항상 메고 다니는 가방 때문에 어깨가 굽어진 마을의 의사가 있었다. 마치 저마다의 바다에 둘러싸인 것처럼 알 수 없고 닫힌 것처럼 보였던 각자의 삶들.

대부분의 날에는 가져온 물건 대다수를 다시 집으로 가져갔다. 하지만 아버지가 모든 것을 팔았던 어떤 날도 있었다.

그런 일이 딱 한 번 있었다고 그는 기억했다. 마지막 남은 꽃병 두 개를 샀던 노파를 아버지가 도와주었던 날, 아버지의 기쁨, 그리고 중앙 도로를 내려갈 때 가벼웠던 그의 발걸음. 멀리서 그에게 손을 흔들던 아버지와 아버지의 손에서 모형 집처럼 오르락내리락했던 끈에 묶인 상자들을 그는 기억했다.

아버지가 세상을 떠났을 때 그는 열여섯 살이었다. 농가가 완공된 지 얼마 되지 않은 어느 봄날 아침이었다. 언덕에서 집으로 돌아오다가 아버지는 집에 도착하지 못하고 풀밭에 쓰러졌다. 그는 예순

살이었다.

이후 몇 달 동안 요한은 평생 단 한 번 만났던 집주인을 위해 직접 농장을 돌보기 시작했다. 그는 동물들에게 먹이를 주었다. 개축한 농가 건물을 관리했다. 정원을 가꾸었다. 그는 생필품을 사기 위해 마을에 들렀다.

어떤 날 밤에는 극단의 공연을 보기 위해 광장의 군중 속에 남았다.

공연이 끝난 후 그는 언덕으로 돌아가는 단원들과 합류했고 그때쯤에는 알게 된 열아홉 살의 펭과 나란히 걸었다. 그는 방금 한 공연에 대해 펭에게 묻고 싶었지만, 너무 수줍어서 그렇게 하지 못했다.

대신에 펭의 아버지가 두꺼운 손으로 그의 목덜미를 토닥이며 농가에 관해 이야기했고 요한의 아버지가 얼마나 그리운지에 대해 말해 주었다. 그러면 모두가 침묵에 빠져서 시골길에서 들려오는 자신들의 느린 발걸음의 리듬에 귀를 기울였다. 극단의 무대 의상 위로 수천 개의 빛이 반사되었다.

그해 일본이 항복했다는 소식이 도착했다. 그러다가 한국이 분단되었고 몸통 한가운데를 따라서 영토가 나뉘었다는 소식이 전해졌다.

유랑극단은 다시 돌아오지 않았다. 그는 그들이 남쪽으로 이동했다가 수많은 사람이 그랬듯이 그곳을 빠져나오지 못하게 되었는지 궁금했다.

그들이 사는 북쪽으로 러시아인들이 왔다.

그들은 동물들을 데려갔다. 오래전에 완공된 농가가 점점 작아지고 줄어든 후에 들판 곳곳에 조각으로 흩어지며 무너지는 걸 그는 지켜보았다. 토지 가격이 싸서 그 조선업자는 이곳에서 노후를 보낼 계획이었을 거라고 그는 상상했다. 항구와 항만 같은 바닷가에서 세월을 보냈던 남자가 그것과는 정반대의 삶을 꿈꾸었을지도 몰랐다.

그는 사라지기 이전의 복도와 방들, 그 웅장함과 공허를 떠올렸다. 그곳은 왕을 위한 집이었다.

그 장소에 공장이 지어졌다. 그는 다른 노동자들과 함께 건축 공사에 고용되었다. 집에서 그리 멀지 않은 들판에 정착촌이 만들어졌다. 그는 인근 마을 출신의 노동자들과 가까워졌다. 시간이 지나면서 그들은 군부대와 함께 이동하면서 계속해서 건물을 지을 것이었다.

어느 날 밤, 집으로 돌아온 그는 아버지의 창고로 들어갔다. 선반에 얹힌 팔리지 않은 항아리와 꽃병들, 그 모양과 디자인, 풍경이 새겨진 그림들을 자세히 살펴보았다. 그는 이것들이 어떻게 될까 하고 생각했다. 그중 한 개를 향해 손을 뻗다가 머뭇거렸다. 계절과 세월이 흘러가도 이것들이 여기에 온전히 남아 있었으면 하고 생각했다. 그는 고객들에게 팔려서 전국에 흩어져 있는 도기들에 대해 생각했다. 유약과 물감 아래의 어딘가에 아버지의 두 손이 남아 있다고 상상했다. 이제는 존재하지 않는 가마와 집의 열기를 그것들이 간직하고 있다고. 만약 도기들을 다시 본다면 자신이 그것들을 알아볼 수 있을까 하고 그는 생각했다.

그는 근처의 강둑에 버려진 보트를 발견했던 날을 떠올렸다. 그때 그는 어린아이였다. 놀랍게도 아버지가 그를 번쩍 안아 올려 보트에 태웠고 노를 젓기 시작했다.

마을을 절반쯤 지났을 때 아버지가 노를 건네주었고 요한은 아버지의 동작을 흉내 냈다. 그는 피곤한 줄 몰랐다. 그들은 숲을 지났고 그물을 던지는 한 남자를 지나쳤다. 기다란 강 위로 그물이 활짝 펼쳐졌다. 그는 물속을, 그 안의 하늘과 거꾸로 된 세상, 그의 아래쪽에서 미끄러져 흐르는 밝은 나무들을 응시했다. 그리고 이제 아버지는 요한의 발에 머리를 눕히고 만족스러운 동물처럼 한숨을 내쉬며 누워 있었다.

그들은 배를 마을에 두고 집까지 걸어갔다. 비밀을 공유한 두 사람은 웃음을 터트렸다. 그것이 누구의 배였는지 두 사람은 이후에도 알지 못했다. 배가 그 마을 근처에 그대로 있는지 아니면 누군가가 가져가서 먼 길을 떠났는지 요한은 알지 못했다.

거기, 아버지의 창고에 서서, 둘 사이에 애정과 잔잔한 부드러움이 있었다는 것을 그는 알게 되었다. 아버지가 자신에게 친절하지 않았던 적이 한 번도 없었다는 것을. 그들의 침묵 속에 사랑의 유형이 존재했다는 것을.

하지만 그는 아버지를 전혀 알지 못했다. 그가 보았던, 다른 아들과 아버지들이 서로를 대하는 방식으로 아버지와 가깝게 지낸 적이 없었다.

만약 어머니가 살아 있었다면 모든 게 달라졌을

것이다. 아마도 예전에 아버지는 다른 성격의 사람이었을 것이고 아내의 죽음이 그를 변하게 했을 것이다.

혹은 그는 늘 고독한 사람이었을 수도 있었다. 그는 종종 그것이 궁금했다.

하지만 차츰 나이가 들면서 그는 그런 것들에 대해 생각하지 않았고, 하루하루의 날들에 익숙해졌다. 그는 예전처럼 날마다 언덕에 올랐고 공장을 짓는 일을 도왔다. 그는 마을에 들렀다. 계절이 몇 차례 지나갔다. 그런 후에 몇 년이 지났다. 커튼이 드리워진 방 같은 아버지. 그의 어머니도 역시. 채색할 수 없었던 그의 삶에 놓인 이 빈 공간.

13

그해 여름 그는 열아홉 살이었다. 어느 날 밤에 교대 근무를 마친 그는 찻집에서 잠이 들었다. 잠에서 깼을 때 변색된 벽지와 창문 한 개가 있는 방에 누워 있었다. 손끝이 닿는 곳에 차가운 국그릇이 놓여 있었다.

그는 다시 잠들었고 날이 어두워졌을 때 눈을 떴다. 한 소녀가 그의 옆에서 무릎을 꿇고 있었다. 그녀가 숟가락을 들어서 그의 입술로 가져갔다. 혀끝에 닿는 국물 맛. 그녀에게서 땀 냄새와 차 냄새, 과자 가게에서 나는 달콤한 냄새가 풍겼다.

그녀의 이름은 수연이었다. 찻집에서 일하는 종

업원이었다. 그녀는 스물한 살이었다.

그녀가 그를 알아보았다.

—농장 일꾼의 아들.

그녀가 말했다.

그는 그녀와 함께 지내기 시작했다. 낮 동안에는 공장에 줄지어 서서 모양과 크기가 다양한 전구를 조립했다. 그런 후 저녁에는 마을로 향했고 그녀를 기다렸다. 그는 제복 입은 소련군들이 구석 테이블에서 카드 게임을 하는 걸 창문을 통해 지켜보았다.

그녀의 가족은 광부들이었다. 오빠 중 한 명은 여전히 산에서 일했고 일 년 중 대부분은 마을을 떠나 있었다.

그녀가 일을 쉬는 밤이면 두 사람은 그녀의 월세방을 벗어나지 않았다. 그는 그녀를 위해 훔친 전구들을 가져왔고 그녀는 마치 꽃인 양 그것들을 탁자 위에 모아 두었다. 그녀가 새 셔츠를 건넸다. 요한은 수건을 손에 두른 후 오목한 도기 안에 끓는 물을 부어 그녀가 머리를 감을 수 있도록 했다. 그런 후에는 그녀가 그의 머리를 씻겨 주었다.

그는 그녀의 무릎에 머리를 얹고 그녀를 거꾸로

올려다보는 걸 좋아했다. 그녀가 손바닥으로 그의 귀를 막으면 그녀의 곧은 머리카락이 그의 얼굴 위로 쏟아져 내렸다.

그는 애무를 받는 새로운 세계에 빠져들었다. 누군가를 애무하는 것에도.

그들은 바닥에 나란히 누워서 잠을 잤다. 그녀의 몸이 그를 휘감았다. 잠들 수 없었던 어느 날 밤, 그녀가 담요로 창문을 가렸고 어둠이 깔린 방에서 그들은 서로의 뒤를 쫓아다녔다. 한 사람은 찾아다니고 다른 사람은 숨었다. 낡은 나무 바닥 위로 두 사람의 발바닥이 미끄러졌다.

다른 날 밤에 그는 잠에서 깨어 그녀의 원피스가 줄에 매달려 있는 걸 보았다. 마치 그녀가 허공에 떠 있는 것처럼 옷감은 소녀의 형상을 띠고 있었다. 수연이 자는 동안 그는 손을 뻗어 원피스를 만지며 얇고 오래된 비단의 감촉과 거기에 깃든 세월을 느꼈다. 그 세월이 소녀의 것인지 아니면 다른 이의 것인지 그는 궁금했다.

그런 날 밤이면 거기 누워서 그녀는 그에게 말을 건네곤 했다. 그녀는 자신의 어린 시절에 대해 이야기했다. 그녀의 부모. 오빠들. 달빛 속에서 그녀가 발가락을 꼼지락거렸다. 왜 그랬는지 알 수 없지만 그는 그녀를 따라 했다.

—나보다 나이가 많아.

그녀가 말했다.

—두 사람 모두. 오빠들이 나를 목말 태우고 다녔어. 그들이 말을 훔쳐 냈고 나는 함께 탔어. 강에서 목욕하는 소녀들을 훔쳐보기도 했지. 누구도 감히 강둑을 내려가서 소녀들의 옷을 만져 보지는 못했어. 우리는 들판에서 번갈아 가며 아버지의 머리를 깎아 주었고 서로서로 이발을 해 주었어. 아버지가 먼저 광산에서 일했고 그다음에 오빠들이 일했어. 나는 산에 올라가서 식구들을 기다리곤 했어. 저녁이 되면 우리는 도로를 따라서 집까지 걸었어. 큰오빠가 앞장섰는데 그때 그는 어두워지면 앞을 볼 수 없었어. 야맹증. 땅 아래에서 사고가 났을 때 오빠는 채 서른 살도 되지 않았어. 내가 가장 많이 생각하던 사람이었는데. 난 오빠 어깨 위에 올라타 손목을 잡고 있었어. 그의 장화에서 들리던 가벼운 소리. 머리칼에서 풍기던 재 냄새. 별을 만져 보길 원

했던 소녀의 소원을 별을 볼 수 없었던 오빠가 이루어 주려고 했어.

어느 날 아침 그녀의 다른 오빠가 집으로 돌아왔다. 요한은 집 밖으로 끌려 나갔다. 그는 벽으로 밀쳐졌다. 그 남자는 그를 때리고 또 때렸다.

요한은 맞서 싸웠다. 두 손을 말아 쥐고 주먹을 만들었다. 어깨를 구부리며 상대의 몸에서 타격 지점을 찾았다. 그는 최대한 힘껏 내리쳤다. 그녀 오빠의 얼굴과 가슴을 강타하며 그는 싸웠다.

하지만 오빠가 더 강했다. 요한은 도로 아래쪽으로 질질 끌려가서 마을 밖으로 내쫓겼다. 박수 소리를 들었다고 그는 생각했다. 개 한 마리가 그들을 따라왔다. 그가 흘린 피 맛이 그녀가 남긴 맛과 이미 뒤섞이고 있었다.

그는 마을의 외곽에 남겨졌다. 그가 나무 그늘을 향해 기어갔다. 뜰 수 있는 한쪽 눈으로 두 손을 내려다보았다. 새 셔츠의 소매. 신발 한 짝은 사라지고 없었다. 머리칼은 흙으로 뒤덮였고 남자가 뱉은 침방울이 그의 턱에 남아 있었다. 그는 혹시 누군가 나타날지 몰라서, 수연이 자신을 찾으러 올지 몰라서, 그곳에서 기다렸다.

그가 주위를 둘러보았다. 빛이 희미해지고 있었다. 한 무리의 공장 노동자들이 언덕을 향해 걷고 있었다. 개가 풀밭을 배회했다. 마을에서 한 남자가 사다리를 타고 올라가서 가로등 불을 밝혔다.

요한은 나무에 몸을 기대고 앉았다. 대지의 열기는 식어 있었다. 그는 평평한 시골 들판과 산을 바라보았다. 저 멀리 길을 따라서 공장 노동자들이 보였고 그들의 몸이 점점 작아지고 있었다.

군용 트럭 한 대가 나타났다. 라디오에서 노랫소리가 쾅쾅 울리고 있었다. 트럭이 옆을 지나갈 때 남자들이 춤을 추기 시작했다. 마지막 남은 석양빛 속에서 그들이 도로 한가운데에 멈춰 섰다. 트럭이 이미 사라지고 노랫소리가 희미해진 후에도 그들은 춤을 멈추지 않았다. 그들이 엉덩이를 흔들었다. 발로 먼지를 걷어찼다. 온몸에 감각이 없고 얼굴이 반쯤 무너진 요한은 자신도 모르게 두 발로 땅바닥을 톡톡 두드렸다.

그는 다시는 그녀를 보지 못했다. 그해 가을에 한 무리의 노동자들과 함께 그는 길을 떠났다. 임금과 음식과 방이 제공되었다. 그는 고무 공장과 군수품 공장에서 일하면서 마을과 도시를 옮겨 다녔다.

1949년, 스무 살이 되던 해, 그는 다른 모든 사람들과 함께 군대에 징집되었다.

그로부터 1년 후, 전쟁이 시작되었을 때, 새 군화와 무기가 지급된 수많은 이들과 함께 그는 국경을 넘어 남쪽으로 갔다. 그들의 몸은 수천 그루의 나무들 같았고 발걸음 한 번에 주변 풍경이 영영 달라졌다.

폐허로 부서진 나라에서 그는 돌무더기와 파편들, 부서진 옥상 구조물을 가로질러서 이동했다. 무너진 문짝을 소총으로 들어 올리다가 그는 깔개 위에서 잠든 한 소년을 발견했다.

그는 깜짝 놀라서 동작을 멈췄다. 마치 궁전을 발견한 것 같았다. 그 아이는 깊은 꿈속에 빠져 있었다. 주변에 컵과 그릇과 천 조각과 거울이 흩어져 있고 그것들 중 수십 개가 하늘과 아이를 비추고 있었다.

그가 몸을 돌려 다른 사람들이 알아챘는지 살폈다. 소년이 깨지 않도록 조심하면서 그는 문짝을 내려놓고 그곳을 떠났다.

처음 몇 달 동안 그는 종종 유랑극단에 대해 생각하면서 그들이 어디로 갔을까 하고 생각했다. 그는 높은 나뭇가지에 매달린 꼭두각시 인형 한 쌍을 발견했다. 나무 아래를 지날 때 인형의 두 다리가 흔들거렸다. 그는 폭격으로 부서진 극장의 잔해를 지나쳤다. 빗물이 가득 찬 양철 컵과 의상 무더기로 만들어진 침대 옆에 개 한 마리가 누워 있었다.

강을 건너다가 그는 물속에서 두 소녀를 발견했다. 소녀들은 두 눈을 크게 뜨고 동전만큼 입을 작게 오므린 채 그를 올려다보고 있었다. 마치 자신들이 보이지 않기를 바라는 것 같았다. 그는 자신이 줄 수 있는 것들을 강둑에 남겨 놓았다. 여분의 신발 끈. 음식과 주머니칼.

남쪽을 향해 끊임없이 움직였던 그해. 그는 대부분 걸어서 이동했다. 그들의 군모가 생경한 그림자를 만들어 냈다. 그들은 버려진 집들을 찾아내 방에서 휴식을 취했고 마치 자기 집인 양 밖을 내다보며 찰나의 자유를 즐겼다. 그들은 형체를 알아볼 수 없는 구조물을 수색했고 거기 남겨진 남자들을 찾아냈다.

그의 감각은 갑작스럽게 폭발하는 탄약에 차츰 익숙해졌다. 사방으로 흩뿌려지는 회색 먼지. 열려 있는 모든 창문과 문들, 그리고 날씨의 흔적이 그대로 남은 마룻바닥.

그는 불타는 강을 바라보며 어떻게 이런 일이 일어날 수 있는지 경악했다. 땅속에서 삐져나온 발 하나를 발견했는데 발가락이 벌어져 있었다. 그러다가 발가락들이 쪼그라들었다. 그는 자신이 그 움직임을 보았는지 확신할 수 없었다. 아마 마음이 만들어 낸 속임수일지도 몰랐다. 그림자의 속임수. 그들은 빠르게 이동 중이었고 그는 시야에서 그 모습을 놓쳤다. 그는 쓸데없는 생각들에 사로잡혔다. 아무것도 신겨져 있지 않았던 발에 대해 그리고 누군가 신발을 벗겨 갔을지에 대해 생각했다.

어느 날 밤 화물열차에서 그는 다른 병사들과 함께 둘러앉아 있었다. 차디찬 공기 속에 병사들의 기침과 담뱃불, 숨결이 가득 차 있었다. 그들은 체온을 유지하기 위해 서로에게 몸을 기대고 있었다. 열차의 뒤쪽 칸에 부상당한 남자들이 있었다. 이동하는 동안 의료진이 수술을 시도했기 때문에 엔진의 소음 속에서 때때로 억눌린 비명이 들려왔다.

겨울이었다. 열차의 출입문은 없었다. 그는 계곡 위로 날아가는 비행기의 희미한 형체를 보았다. 별들이 끝없이 펼쳐져 있었다. 바람 소리와 남자들의 잠꼬대를 들었다. 이제는 익숙할 대로 익숙해진, 끈질기게 풍겨오는 화약 냄새와 퀴퀴한 피 냄새가 맡아졌다. 기차의 리듬에 따라 이완되면서 몸이 점점 무거워지는 것을 느꼈다.

그는 꿈을 꿨다가 깨기를 반복했다. 눈이 내리고 있었다.

저 앞으로 길게 펼쳐진 들판에서 달빛을 받은 형체들이 나타났다. 아마도 어떤 가족, 남자와 여자와 아이들일 것이었다. 그들 모두가 폐허가 된 마을의 눈 속에 서 있었다.

마치 수영을 하듯이 남자가 무너진 옥상 안으로 몸을 담갔다. 아내는 허벅지에서 치마를 말아 쥐고 돌무더기와 백색으로 뒤덮인 언덕을 올라갔다. 그녀가 발걸음을 뗄 때마다 뒤집어서 머리에 인 그릇이 흔들거렸다. 움푹 파인 구덩이 깊숙한 곳에서 두 소년이 나타나더니 양손을 뻗어 가장자리를 움켜쥐었다.

그들의 주머니가 가득 차 있었다. 무엇으로 채웠을까, 요한은 너무 멀어서 볼 수 없었다. 그들은 말없이 일했고 취할 수 있는 것들을 취했다. 그들의 양팔이 잔해 더미 속으로 미끄러졌고 마치 손에 쥔 것이 오직 눈뿐이라는 듯이 두 손이 수정처럼 환히 빛났다.

요한은 처음으로 아버지를 떠올렸다. 마치 수년이 지나버린 것 같았다. 그는 나무껍질 색깔의 모자를 썼던 그 남자에 대해 생각했다. 첫눈 내렸던 무렵의 어느 저녁에 요한은 아버지가 들판에서 뜀박질하는 걸 본 적이 있었다. 아버지는 자신이 혼자라고 생각하고 허공을 향해 발길질하며 혼자만의 즐거움을 만끽했다. 그의 머리에 쓴 모자가 별처럼 빛을 발하고 있었다.

내면에 품었던 불꽃이 어떤 것이었든, 아버지가 그것을 어떻게 간직했었을까 하고 그는 생각했다.

지나간 세월을 온전하게 간직하기란 불가능하다는 것을 그는 이해했다. 지나간 세월은 느슨해지고, 부서지고, 미끄러져서 달아날 것이었다. 그래서 언젠가는 하나의 모퉁이, 창문, 냄새, 몸짓, 목소리만을 끌어모아 다시 조립해야 할 시간이 올 것이었다.

기차는 계속해서 계곡을 달렸다. 한 병사가 그에게 다가왔다. 그 역시 들판의 가족을 내다보고 있었다. 그의 손톱은 마른 진흙으로 뒤덮여 있었다. 셔츠에는 토사물이 묻어 있었다. 그는 기진맥진해서 소총에 몸을 기대고 있었다.

그들은 여전히 서로를 알아보지 못했다. 이 청년은 저녁이면 그와 함께 시골길을 걸었고, 지붕을 올라간 적이 있었고, 공중제비를 넘었고, 꼭두각시 인형에 목소리를 얹곤 했었다.

일 년 안에 두 사람은 정찰대와 함께 오렌지 과수원에 서서 얼어붙은 채 산등성이의 염소 한 마리를 지켜볼 것이었다. 이와 동시에 쉬익 하는 소리가 허공을 채우며 땅이 폭발할 것이고 그들의 몸은 땅속에 묻힐 것이었다.

기차 안에서 그는 어깨에 둘렀던 담요의 절반을

요한에게 내밀었다. 그런 후에 눈을 깜빡거리지도 않고 들판을 향해 고개를 끄덕였다.

—눈 사냥꾼들.

펭이 말했다. 두 사람은 잔해 더미를 뒤지는 가족을, 곡예사처럼 그들이 눈 위를 가로질러 이동하는 방식을, 가능한 한 오랫동안 함께 지켜보았다. 기차가 속도를 내면서 그들의 밝은 형체는 차츰 밤 속으로 작아져 갔다.

14

그는 종종 언덕 마을 위쪽의 그 나무를 찾았다. 어둠이 깔린 이른 아침에 그곳으로 갔다. 빈 숄더백을 메고 자전거를 밀며 오르막길을 올랐다.

수년이 지나는 동안 요한은 신문 배달을 시작했다. 그는 정해진 경로를 따랐고 가방에 손을 뻗은 후 출입문을 향해 신문을 던졌다. 그는 도로를 질주했다. 다른 사람들 앞을 가로지를 때면 전조등을 깜박였고 그러면 그들도 신호를 보내왔다.

사람들은 나타나자마자 곧장 사라졌다. 조약돌 위를 구르는 바퀴 소리만 가득한 시간이었다. 자전거를 탄 이들의 깜박거리는 불빛이 마을과 해안으로 퍼져 나가다가 하나둘 사라져 갔다.

그런 날 아침이면 피곤했지만 정신은 깨어 있었다. 몸이 느릿느릿해졌지만 흐트러지지는 않았다. 벌써 무더위가 시작되었다. 그는 축축이 젖은 셔츠를 나뭇가지에 걸고 산등성이에 누웠다. 모자를 당겨 눈 위에 얹고 온몸에 닿는 풀잎의 감촉을 느꼈다.

그는 날이 밝기를 기다렸다. 친숙한 마을의 모습이 드러나기를, 회색과 파란색의 물빛이 보이기를 기다렸다. 저 멀리 호텔이 들어선 해변의 모래사장을 따라서 파라솔이 촘촘히 흩어져 있었다.

그는 몸을 돌렸다. 모자를 뒤로 젖혀 내륙을 바라보았다. 턱을 손등에 얹고 누워서 도로를 따라 울타리가 세워진 먼 곳을 바라보며 휴식을 취했다. 산 아래쪽에 농가 두 채가 있었다. 굴뚝에서 연기가 피어오르기 시작했다.

그러다가 말들이 나타났다. 풀밭을 가로질러 풀을 뜯고 있는 방목장의 암갈색 말과 얼룩말들. 그는 계속해서 말의 숫자를 세었다.

가끔씩 아침에 말 한두 마리가 울타리를 뛰어넘

어 농부나 트럭 운전사가 발견할 때까지 도로에서 왔다 갔다 했다. 언젠가는 말들이 언덕으로 올라와서 요한이 있는 산등성이에 모여 건물 옥상과 바다를 바라본 적이 있었다. 그리고 마을이 잠에서 깨어났고, 말들의 긴 그림자가 비탈길에 드리워졌다.

농가의 아이들이 졸린 눈으로 나타나서 수선할 밧줄을 줬던 일꾼을 찾는 날들도 있었다. 그는 그 남자가 아이들의 장화에 밧줄의 한쪽 끝자락을 묶는 걸 지켜보았다. 아이들은 들판에서 다리를 쭉 뻗고 앉아서 밧줄을 풀었다가 다시 꼬았다. 그들의 손가락이 새처럼 통통 움직였다.

이제 완전히 날이 밝았다. 산들이 보였고 도로는 텅 비어 있었다.

그가 일어섰다. 셔츠를 향해 손을 뻗었다. 가방을 어깨에 메고 들판 아래쪽으로 자전거를 밀며 마을로 향했다.

교회 정문에 다다른 그는 작은 집을 향해 손을 흔들었다. 그는 페이쉬가 글을 쓰고 있다는 것을 알고 있었다. 커피 냄새와 빵집의 오븐 냄새를 맡으며 상점들을 지나쳤다. 높다란 창문에서 목소리를 들을 수 있었다. 양 건물 사이로 해안의 모습이 살짝 보였다. 한 무리의 쪽배가 바다를 가로질러 펼쳐져 있었다.

양복점의 잠금장치를 풀자 출입문 벨이 울렸다. 그는 자전거를 밀며 실내를 가로질렀고 예전에 기요시의 침실이었던 방에 자전거를 두었다. 커피를 마시기 위해 물을 끓였고 버터 바른 빵 한 조각을 먹었다. 샤워를 한 후에 양복을 입었다. 그는 침실 문 뒤의 거울 앞에서 넥타이를 맸다.

그가 가게로 돌아와 덧문을 열었다. 햇살이 가득한 실내. 그는 창문의 안내판을 뒤집었다. 마네킹의 어깨에서 보푸라기를 집어냈다. 책상에서 일정이 적힌 노트를 바라보았다. 그가 선반에서 양복 한 벌을 꺼내 작업대 위에 올려놓았다. 천장 선풍기를 켜고 자리에 앉았다.

1963년의 첫 번째 달이었다. 그는 서른네 살이 되었다. 마을의 하루가 시작되었고 요한은 옷감의 솔기를 풀면서 작업을 했다.

양복점 안의 세계는 변한 게 거의 없었다. 모든 도구와 기계, 실과 가위와 바늘은 기요시가 정리한 그대로 남아 있었다. 옷감은 소재와 색상별로 선반과 서랍에 보관되었다. 작업대는 같은 자리에 있었다. 왼쪽 벽과 맞닿은 작업대는 그대로 보존되어 있었다. 가게 뒤편에 드리워진 빨간 커튼은 날씨가 너무 더워서 그가 가게 출입문을 열어둘 때만 흔들거렸다. 그는 같은 주전자로 물을 끓였고 같은 컵으로 물을 마셨다. 이 층 방 맞은편의 방은 여전히 창고로 사용했고, 나무 상자 안에 여분의 물품이 가득 들어 있었다.

이제는 새로운 고객들, 새로운 가게 주인들, 새로운 아내와 남편들, 그리고 새로운 스타일의 드레스와 양복들이 있었다. 하지만 십 년 넘도록 가게를 찾아오는 사람들 역시 있었다. 그는 죽은 남편에게 말할 때 대화를 들어주는 애완용 새를 가진 여인에게 옷을 배달했다. 그가 재단한 교회 단체복을 입었던 아이들은 이제 나이가 들었다. 하지만 오 년 전에 은퇴한 한 공무원이 그랬듯이 그들 역시 가게를 찾아왔다.

농부들 역시 가게에 모습을 드러냈다. 시내에서 밤을 보내기 위해 깨끗한 바지 안에 셔츠를 집어넣고 구두를 광내고 머리를 빗은 차림새였다. 과자 가게 유리창에 얼굴을 바짝 들이대는 어린 아들과 딸들도 데리고 왔다. 아이들은 어머니와 함께 소다를 마시며 부엌에서 기다렸고, 아버지는 예의를 갖추어 가게 바깥에 남아 있었다.

작업을 마치면 요한은 도로를 건너가 컵에 담긴 아보카도 크림과 코코넛 쿠키 한 봉지를 아이들에게 사주었다. 아버지는 셔츠에 손바닥을 닦은 후에 요한에게 악수를 청했다. 그런 후에 가족은 시내 쪽으로 계속 걸어가며 상점의 진열창들을 구경했다.

몇 년 사이에 그는 포르투갈어를 유창하게 사용하게 되었다. 이제는 단어가 어떻게 만들어지고 발음되는지 이해했고 더는 애쓸 필요가 없었다. 그는 일상과 가족에 관해 물으며 마을 사람들과 대화를 나눴고 날씨에 대해 언급했다. 그는 고객들과 농담을 했다. 이발소를 방문했고 떠도는 소문을 주고받았다.

가게 홍보를 위해 직접 만든 전단을 사람들에게

나눠 주면서 그는 자신이 사는 구역의 바깥을 개척하는 데 많은 시간을 보냈다.

겨드랑이에 옷 꾸러미를 낀 그의 모습이 마을 구석구석과 항구에서 자주 보였다. 그의 이름을 부르는 사람은 없었지만 사람들은 그를 알아보았고 인사를 건넸다.

—그 재단사야.

마치 그가 항상 이곳에 있었던 것처럼 모두가 그렇게 말했다.

그의 친구였던 선원은 이 년 전에 세상을 떠났다. 어느 날 배가 정박했을 때 그 선원이 보이지 않았다. 나이가 어린 다른 선원들이 고개를 저었다.

—미안합니다.

서명할 서류를 그에게 주고 배에서 옷감을 내리면서 그들이 말했다.

도로 위로 물품을 끌고 나오면서 요한은 몸이 덜덜 떨리는 걸 통제할 수 없었다. 그는 잠시 쉬거나 얼굴을 닦는 것을 거부했다. 마침내 누군가 도와주려고 달려올 때까지 그는 어리둥절하여 보도에 멈춰 선 사람들을 무시하며 걸었다.

그는 더 이상 일본으로 물품을 주문하지 않았다. 이제는 마을 북쪽의 직물 공장과 거래했다.

하지만 그는 여전히 기요시가 만들어준 옷을 입었고, 옷깃이 해지거나 단추가 헐거워지면 수선을 했다.

그는 종종 그 늙은 재단사를 그리워했다. 어떤 날에는 하던 일을 멈추고 귀를 기울이며 어떤 소음을, 뒤에서 움직이는 소리를 기다렸다. 건너편 재봉틀에서 조용히 윙윙거리며 들리는 소리, 의자를 고쳐 앉는 소리, 타닥타닥 울리는 슬리퍼 소리, 혹은 성냥의 불꽃.

자신의 재봉틀과 거리의 소음 외에는 아무것도 들리지 않았다. 하지만 그는 움직이지 않고, 가만히 기다렸다.

한 번은 공기 속에서 노인의 냄새가 나타났다. 담배와 감귤과 비누 냄새가 뒤섞인 것이었다. 순식간에 사라졌지만 그는 그 냄새를 맡았다고 확신했다. 하지만 그것이 어디에서 비롯되었는지 알 수 없었다. 창가에 있던 누군가로부터인지, 아니면 탁자 안에, 상자 속 공기에, 옷감 자체에 노인의 일부가 남아 있어서 가게 자체에서 냄새가 나는 건지도 몰랐다.

그는 출입문 쪽을 바라보며 맨 처음 가게 안으로 들어섰던 날을 떠올렸다. 땡그랑 울리는 종소리, 기요시의 느릿느릿한 움직임.

그들이 서로에게 말을 많이 한 적이 없었던 건 사실이었다. 그래서 기억나는 게 기요시의 목소리뿐이라는 걸 알았을 때 그는 놀랐다. 그 목소리는 요한이 태어나서 처음 이십 년을 보낸 시골의 가을날을, 그 메마른 바람과 산에서 마을로 날아온 모든 낙엽을 떠올리게 했다. 기요시는, 말할 때 그의 목소리는, 공중에서 뱅글뱅글 도는 나뭇잎 소리와도 같았다.

더 이상 새로운 일이 일어나지 않을 거라고 믿었던 날들이 있었다. 이제 더 이상 다른 것은 없다고. 그는 도착했고 머물렀다. 그는 자신의 인생을 일구었다. 그는 미래 속으로 나아갔다.

그런데 이런 시간이면, 이렇게 침묵이 깔리면, 가게는 그에게 더욱 넓어 보였다. 매일 밤 그가 자는 동안에 마룻바닥이 확장되고 벽이 자라는 것 같았다. 그것들은 나무였을 때 지녔던 생명력을, 그가 감지할 수 없는 어떤 조용한 떨림을 간직하고 있었다.

그는 이런 생각을 했다. 그는 숲에서 살았다. 어느 날 잠에서 깬 그가 그곳에서 나뭇가지들을 보았다. 단풍과 담쟁이덩굴의 그림자. 구석에 세워진 마네킹은 대지에 뿌리를 내리고 있었다.

그는 여전히 가게 위편의 방에서 잤다. 이곳에 도착한 첫날 밤, 도로 건너의 발코니에서 봤던 여자는 결혼을 했다. 때때로 그들은 동시에 창밖을 내다볼 때가 있었고 그럴 때면 서로를 향해 손을 흔들었다.

언젠가 두 사람은 빨래를 널기 위해 빨랫줄을 같이 사용한 적이 있었는데 누군가 그들의 셔츠를 훔쳐 갔다. 이렇게 높은 곳에서 어떻게 그럴 수 있는지 요한은 여전히 알 수 없었다. 멋진 시도였지만 그들이 빨랫줄을 같이 사용한 건 잠깐이었다. 가끔씩 요한은 그것이 여전히 거기에 있다고 즐겁게 상상했다.

이제 그들은 공간을 가로질러서 대화를 나누었다. 하루를 어떻게 보냈는지, 비가 언제 내릴 것인지에 대해 이야기했다. 언젠가는 그녀가 마을 사람들이 다 들을 수 있는 큰 목소리로 어떻게 하면 못생긴 남편을 요한처럼 만들 수 있을까 하고 물었다.

그런 후에 남편이 창가에 나타났고 그녀를 번쩍 안아 올렸다. 커튼이 쳐진 방으로 남편이 데려가는 동안 그녀는 즐거운 비명을 질러댔다.

그의 방에는 여전히 책상과 의자가 있었다. 전구 한 개와 바닥에 깔린 매트리스. 그가 오래전에 발견한 양철 과자 상자와 찻잔.

가게 문을 닫은 어느 밤이면 그는 재단사의 방으로 갔다. 그가 이 방을 다시 찾기까지 일 년이 걸렸다. 기요시가 남긴 건 모두 그대로 있었다. 그의 슬리퍼는 간이침대 아래에 놓여 있었다. 셔츠는 좁은 옷장에 걸려 있었다. 벽에 못 하나가 박혀 있었다. 나무 상자에는 옷이 가득 차 있었다.

침실용 탁자 위에 책 무더기가 쌓여 있었다. 때때로 그는 그 책들을 훑어보았다. 모험 이야기들이었다. 일본어로 쓰였지만 단어를 잊어버리기 시작해서 모든 책을 다 읽을 수는 없었다.

그가 가슴에 책 한 권을 얹고 간이침대에 누웠다. 벽을 올려다보았다. 제2차 세계대전 당시 대농장 가옥 앞에 선 기요시의 사진이 거기 걸려 있었다. 페이쉬가 그에게 준 것이었다.

이전에도 종종 그랬듯이, 그는 재단사가 이곳에 오기 전에 어떤 삶을 살았을까 하고 생각해 보았다. 그는 청년이었던 기요시를 생각했고, 그 얼굴에서 젊음을 보았고, 가족을 보았다. 그런 후에 군복을 입은 기요시가 극동의 러시아에서 한 소년의 배에 난 상처를 양손으로 꿰매는 것을 보았다.

그런 날 밤이면 그는 선원에 대해서도 생각했다. 그의 아내와 아이들. 그들이 아직도 일본의 해안 마을에 살고 있는지, 아내는 여전히 호텔에서 일하고 있는지 생각해 보았다.

한 번은 그녀에게 편지를 쓴 적이 있었다. 선원이 세상을 떠나고 얼마 되지 않아서였다. 그는 그걸 부치지 않았다. 이제 그것은 방 안의 양철 과자 상자 안에, 구 년 전에 가져온 명함과 추천서 위에 놓여 있었다.

기요시의 방에서 그는 책을 다시 침실용 탁자에 올려놓았다. 그런 후에 자리에서 일어나 담요를 반듯하게 폈고, 자신이 남긴 몸의 형태를 지우며 침대를 정리했다.

15

페이쉬는 이제 마흔한 살이 되었다. 두 사람은 더 자주 만나기 시작했다. 페이쉬의 목에는 요한이 사용하는 포장 끈에 묶인 돋보기안경이 항상 걸려 있었다. 그의 머리칼은 희끗해졌는데 그는 그것에 대해 농담하길 좋아했다.

그가 말했다.

—아우파이아치(재단사), 넌 미래의 너 자신을 보고 있어.

그러면서 그는 정원 사이를 걸으며 화초와 채소에 물을 주고 비료를 땅에 뿌리며 웃음을 터트렸다.

어느 해 생일에 요한은 그에게 새 지팡이를 사 주

었다. 손잡이가 배 모양으로 조각된 것이었다. 페이쉬는 기뻐하면서 그것을 빙빙 돌렸고 정원에서 춤을 추기까지 했다. 그런 후에 마치 장검인 양 그것을 들고 요한을 향해 달려들었다. 요한은 몸을 숙여 피한 후 나뭇가지를 집어 들었다. 신부의 외침이 들릴 때까지 두 사람은 아이들처럼 결투를 벌였다. 고개를 숙이자 발에 짓이겨진 토마토들이 보였다.

페이쉬는 나이가 들수록 더욱 활달해졌다. 어느 날 밤에 요한은 창문에 부딪히는 소음 때문에 잠에서 깼다. 밖을 내다보니 페이쉬가 지팡이에 기댄 채 거리에서 돌을 던지고 있었다.

페이쉬는 양복을 갖춰 입고 있었다. 그가 양복 입은 모습을 요한은 이전에 한 번도 본 적이 없었다. 양복은 해변 색깔이었고 유행이 한참 지난 것이었다. 양복 옷깃에 꽃이 꽂혀 있었다.

그가 요한에게 옷을 입으라고 외쳤다.

—그리고 넥타이를 가져다줘.

요한은 그렇게 했고 잠시 후 밖으로 나가 가로등 아래에서 그의 넥타이를 매어 주었다.

페이쉬가 요한의 팔짱을 끼고 언덕 아래로 그를

이끌었다.

요한은 나이트클럽으로 이끌려 갔다. 여주인은 페이쉬를 아는 것 같았고 예약된 테이블로 그들을 안내했다. 칵테일을 주문한 후 그들은 작은 무대를 바라보았다. 얇은 파란색 드레스를 입고 엉덩이를 흔드는 가수가 재즈 밴드와 공연하고 있었다.

그들은 밤새 그곳에 있었다. 한 여자가 다가오자 페이쉬가 팔을 벌리고 그녀를 안아 무릎에 앉혔다. 다른 여자가 나타나더니 요한의 손목을 잡았다. 무슨 일이 벌어지고 있는지 이해하기도 전에 그는 댄스 무대에 서 있었다. 여자가 양팔을 벌려 그를 감싸 안았다. 향수 냄새가 났고 입술에 립스틱이 칠해져 있었다. 그녀가 가까이 다가왔다. 그녀의 허리를 잡았을 때 그녀의 엉덩이가 자신에게 닿는 게 느껴졌다. 그들은 흐릿한 조명이 켜진 댄스 무대를 빙글빙글 돌았다.

이전에 만난 적이 있는지 기억하려고 애쓰며 그는 그녀의 눈을 살펴보았다.

그녀가 말했다.

—춤출 줄 모르시네요.

그가 말했다.

—못 춰요.

그가 미소 지었다. 그녀는 머리를 뒤로 젖히고 웃음을 터뜨렸다. 나이트클럽의 조명 속에서 그녀의 목이 환히 빛났다.

그녀가 따라 하라고 말한 후에 춤을 이끌어 갔다.

그들은 그날 저녁과 이른 아침을 함께 보냈다. 그녀는 그에게 춤추는 법을 가르쳐 주었고 그의 양복에 머리칼 한 가닥을 남겨 놓았다.

그녀의 이름은 안나였다. 몇 달 전 브라질리아에서 이곳으로 이사를 왔다. 어머니는 스페인인이고 아버지는 포르투갈인이었다. 그녀는 스물일곱 살이었고 교사였다. 그녀 역시 그날 나이트클럽에 처음 가 본 것이었다. 립스틱을 바른 것도 처음이었다.

로맨스는 한 달 동안 계속되었다. 그녀는 요한의 이웃들이 깊이 잠들 때까지 기다렸다가 밤중에 가게 안으로 슬그머니 들어왔다. 그는 그녀를 위층으로 데려갔고 천장이 낮은 방에서 그들은 남은 밤을 보내곤 했다. 안나는 고개를 한쪽으로 기울이며 그를 향해 다가갔다.

그녀는 커피를 마셨고 머리 빗는 걸 좋아했다. 그녀가 몸 위에 여분의 옷감을 둘러 감았다. 때때로 그는 그녀를 안고 아래층과 위층을 오가며 이 방 저 방을 돌아다녔다.

그는 그녀의 드레스를 만들어 주었다. 그가 그녀의 몸 치수를 쟀다. 그는 그녀의 배꼽에 귀를 대고 숨소리를 들었고 그녀의 에너지를 느끼며 잠들었다. 그녀의 피부 안쪽에 있는 이 침실.

그들은 그 누구에게도 서로에 대해 말하지 않았다. 앞으로 몇 달 동안 이런 날들이 계속될 거라고 여긴 순간이 그에게 있었다. 하지만 그들은 그렇게 하지 않았다. 그는 확실한 이유를 알지 못했다. 다만 두 사람을 가득 채웠던 무언가가 희미해져 버렸다. 두 사람 모두 말하지 않아도 알 수 있었다. 불꽃처럼 짧은 만남이었다.

때때로 그는 시장이나 거리에서 그녀와 마주쳤다. 그들은 손을 흔들며 잘 지내느냐고 안부를 물었다. 그렇게 서로의 안녕을 빌며 지나쳐 갔다. 그녀는 이 방향으로, 그는 다른 방향으로. 그녀와 함께했던 날들을 그는 좋은 추억으로 떠올리곤 했다.

그러던 어느 날 그들은 걸음을 멈추지도 않고 서로를 지나쳤다. 아마 그것은 의도치 않게 일어났을 것이다. 아마도 둘 다 바빴거나 서로에 대해 차츰 부끄러워졌을 것이다. 하지만 눈을 감고 잠에 빠져들 때면 그런 순간은 희미해졌고, 아침이 되면 실제로 그런 일이 일어났는지조차 그는 확신할 수 없었다.

어느 날 페이쉬를 도와서 교회 바닥을 걸레질하다가 그는 신문 배달 구인 광고를 보았다. 사무실에서 차례를 기다리다가 요한은 뒤를 돌아다봤다. 소년과 소녀들 역시 자신들의 차례를 기다리고 있었다. 그들은 주머니에 양손을 찔러 넣고 고용인이 바라보지 않을 때 그를 향해 얼굴을 찡그렸다.

그에게는 아이들보다 더 짧은 노선이 배정되었다. 그는 자전거를 샀다. 매일 아침 동트기 전에 신문을 배달했다. 일을 마친 아침에 간혹 언덕으로 올라가 말들을 지켜보았다. 또 다른 날에는 자전거를 타고 해안 도로를 달려서 한때 정착지였던 곳, 지금은 개조되어 학교로 바뀐 대농장 가옥이 있었던 대지 옆에 멈춰 섰다. 그 들판은 축구 경기장으로 사용되었고 그와 페이쉬는 주말이면 그곳을 찾았다.

페이쉬가 고집을 부려서 그들은 관람석의 높은 좌석에 앉았다. 그들은 들판을 내려다보았고 밝게 빛나는 유니폼들을 눈으로 좇았다.

예전에 정착촌에 살았던 사람들 대부분은 그곳을 떠났다. 어부들 중 일부가 작은 만 근처에서 마을을 이루며 살고 있다는 걸 그는 알았지만, 그게 다였다. 나머지 사람들은 어디로 갔는지, 그들이 집단을 이루고 있는지 또는 흩어져서 국토를 가로질러 이동했는지, 아니면 더 멀리 바다를 건너갔는지 그는 알지 못했다.

그는 모자와 신발을 공중으로 던졌던 눈먼 곡예사를 떠올렸다. 상상 속의 작은 망원경을 들고 해안을 바라보던 소년을 생각했다. 말할 때 그의 귀를 스쳤던 소녀의 입술. 그의 손에 닿았던 손길.

그들이 어디에 있든, 자신들이 원하는 대로 삶이 이루어졌기를 그는 바랐다.

골이 터졌다. 페이쉬가 자리에서 일어나 지팡이를 들어 올리며 소리 질렀고, 요한도 따라서 했다.

이렇게 하루하루가 지나갔다. 그런 날들이 지나서 몇 년이 흘렀다. 그 몇 년 동안의 삶. 저녁이면 그는 낡은 계단을 올라 자신의 방으로 갔다. 창가에 서서 찬 수건으로 목을 눌렀다. 선풍기가 돌아갔다. 그는 나이트클럽에서 흘러나오는 음악을 들었다. 비행기 한 대. 도로 건너편에서 들려오는 여자의 목소리.

16

어느 여름, 가게 출입문의 종소리가 한 번 울린 후에 멈췄다. 그는 방금 가게를 열었고 가게는 비어 있었다. 작업대에 앉아 있던 그는 위를 올려다보았다.

허공에 뜬 소녀의 손이 보였다. 종소리가 나지 않도록 그녀의 손가락이 종을 감싸고 있었다. 작은 코와 뾰족한 턱, 옅은 색 머리칼은 소년처럼 짧게 잘려 있었다.

그녀는 샌들을 신었고 정강이까지 내려오는 녹색 드레스를 입고 있었다. 어깨끈은 가늘었지만 튼튼했고 양 끝단에 단추가 달려 있었다. 그는 디자인의 단순함과 거기 문 옆에 선 그녀 형체의 단순함, 그림자가 드리워진 포즈, 팔의 곡선과 발뒤꿈치를 들고 선 그녀를 알아보았다.

그는 그녀가 무언가를 말하기를, 자신에 대해 설명하기를 기다렸지만, 그녀는 그렇게 하지 않았다. 그녀는 종에 마음이 사로잡혀 있었다. 그리고는 종을 풀어놓아 손끝으로 밀면서 한 번 더 소리가 울리도록 했다. 그녀는 한순간도 종에서 눈을 떼지 않았다. 마치 종이 떨어져 내리길 기다리는 것 같았다. 그녀가 양손을 귀로 가져갔다.

—그게 성가시게 해?

마침내 그가 말했다. 포르투갈어였다.

그녀는 고개를 저었다. 그녀가 손가락으로 창밖을 가리켰다. 얼마 전 거리에서 종소리를 들을 수 있었다고 그녀가 말했다. 그 소리가 새롭게 들렸다고 했다. 그녀는 자신의 피부에 소리가 닿는 방식을 좋아했다.

—이런 식으로.

그녀가 말했다. 그리고 머리 옆에서 양손을 흔든 후 입술로 윙윙대는 소리를 냈다.

—그래.

그가 말했고 웃음을 터트렸다. 그녀도 웃음을 터트렸다.

그녀는 출입문에서 움직이지 않았다. 바깥의 빛은 선명하고 강했고 그녀는 여전히 실루엣으로 보였다. 그런 후에 그녀가 그를 향해 돌아선 후 다가왔다. 그들은 잠시 서로를 바라보았다.

그가 머리를 숙였다. 그녀를 흘끗 바라봤을 때 그녀는 상자와 탁자와 벽에 걸린 옷감과 종이에 포장된 셔츠를 둘러보고 있었다. 손목에 찬 팔찌가 눈에 띄었다. 색실로 만든 그것은 오래되었고, 단순했고, 우아했다.

그녀가 마네킹으로 다가가 배 주변의 바늘땀을 살펴보았다. 그녀의 시선이 그의 뒤쪽에 있는 커튼으로 향했다. 그녀는 그가 알지 못하는 친근함을 느끼고 있었다.

—이곳에 오래 있었어?

그녀가 말했다.

그녀의 말은 가게를 의미했다. 그녀의 목소리는 조용하고 신중했다. 그녀는 양손을 등 뒤로 맞잡고 창문을 바라보며 마네킹 옆에 서 있었다. 공기가 고요했다. 행인들이 지나갔고 그들의 그림자가 가게에 드리워졌다.

그녀의 짧은 머리칼은 젖어 있었다. 그것은 아침 색깔이었다. 그녀에게서 바다 냄새가 났다.

그녀가 볼 수 없었는데도 그는 어깨를 으쓱했다. 구 년이 긴 시간인지 아닌지 그는 알지 못했다.

그녀가 손톱으로 팔뚝을 쓸어내리며 미소 지었다.

—좋아.

그녀가 말했다. 그는 다시 고개를 돌려 그녀가 둘러본 것들과 고요와 빛을 바라보았다. 지금 이 시간과 무수히 많은 시간과 나날들이 좋았다는 것에 그는 동의하지 않을 수 없었다. 그는 그러한 말과 이 가게에 대해 자부심을 느꼈다. 그녀가 알아챘다고 생각하지 않았지만 그는 자신의 얼굴이 붉어지고 있다는 걸 알았다. 그녀는 이제 천장을 올려다보며 허공에 매달린 작은 거미를 바라보고 있었다.

마네킹 옆에 우산이 있었다. 우산은 접힌 채 가겟방 구석에 세워져 있었다. 그녀가 그것을 집어 들고 손으로 한 번 빙글 돌렸다.

그녀가 다시 미소 지었다.

그녀가 말했다.

—이제 다시 가져갈게.

그는 어리둥절해져서 그녀를 바라보았다. 그런 후에 혀가 무거워지는 걸 느꼈다. 그리고 가슴도.

그는 거기 멍하니 앉아 있었다. 말을 할 수 없었고, 의자에서 일어날 수도 없었다.

그녀가 웃음을 터트렸다.

—오케이.

그녀가 말했다.

—더 오래 갖고 있어도 돼.

그녀는 우산을 구석에 내려놓고 한 번 더 그를 바라보았다. 그녀는 여전히 미소 짓고 있었다. 그녀가 한 발에서 다른 발로 체중을 옮기며 그를 살펴보았고, 기다렸다.

—요한.

그녀가 말했다. 그 순간 그는 자신의 이름을 부르곤 했던 어린아이 시절의 그녀 목소리를 들었다.

그가 대납하기도 전에 그녀는 갑자기 몸을 돌려 출입문을 열었다. 종소리가 울렸고 그녀는 보도로 되돌아갔다.

그는 서둘러 밖으로 나갔다. 더위와 햇볕이 그를 휩쌌다. 그는 눈을 가늘게 뜨고 한 손으로 손차양을 만들었다. 하지만 그를 이끌었던 건 사라져 버렸고 그는 멈춰 섰다. 한 가지 의문이 떠올랐다. 그리고 그는 점점 두려워졌다. 하지만 자신이 무엇을 두려워하는지 그는 확신할 수 없었다.

그는 가게의 창가에 남아 있었다. 한 이웃이 그에게 인사를 건넸다. 그는 밝은색 건물과 대비되는 그녀의 녹색 드레스를 발견했고, 사람들과 햇빛 속에서 그녀가 나타났다 사라졌다 하는 걸 지켜보았다. 그는 맨살이 드러난 그녀의 어깨 곡선을 눈으로 좇았다. 조약돌에서 울리는 샌들의 리듬. 그런 후에 그녀는 사라졌다.

그는 그녀를 찾기 시작했지만, 어디에서부터 시작해야 할지 알 수 없었다. 그는 오 년 동안 보지 못한 사람을 찾기 위해 마을의 이곳저곳을 돌아다녔다. 어떤 의미에서 그는 누구를 찾아야 할지 알지 못했다. 그의 마음은 과거의 그 소녀에게 가 있었다. 혹시 그녀를 본 적이 있을까 해서 페이쉬를 찾아갔지만 교회 관리인은 아무 말도 하지 않았다. 요한 역시 아무 말도 하지 않았고 그녀가 도착했다는 사실을 말하지 않았다.

그가 잘못 알았을 가능성이 있어 보였다. 그녀가 가게에서 했던 말에 어떤 오해가 있었을 수도 있었다. 그가 들었던 게 그녀가 아니라 다른 사람의 목소리였을 수도 있었다.

그런 후 며칠이 지나서 종소리가 울렸고, 출입문이 열렸다. 그녀는 처음처럼 같은 자리에 서 있었다. 그녀는 침묵을 지켰고 작업대에 앉아 있던 그는 그녀를 지켜보았다.

—오케이.

그녀가 말했다. 뭔가 다른 말을 하고 싶거나 혹은 그가 뭔가 말하기를 기다리는 것처럼 그녀가 불안하게 손가락을 흔들었다.

예전에 그랬던 것처럼 그녀는 가게를 휘둘러본 후 서둘러 출입문을 나갔다.

그녀는 다음 날까지 다시 오지 않았다. 이번에는

그녀가 남았다. 그녀는 녹색 드레스 차림에 샌들을 신었고 그와 거리를 유지한 채 서 있었다. 그녀가 짧은 머리칼을 빗질했다. 그녀가 팔찌를 만지작거렸다. 그는 그녀가 그걸 직접 짠 것인지 아니면 산 것인지 아니면 누군가가 그녀에게 준 것인지 궁금했다. 가게 안에서 그녀의 움직임이 어색했다. 이제는 좁은 공간이 익숙하지 않은 것 같았다. 그는 그녀에게 차를 가져다주었다.

그 첫 주 동안 비아는 오래 머무른 적이 없었다. 그녀의 방문은 여전히 예상할 수 없었다. 그녀가 왔을 때 무슨 말을 해야 할지 그는 전혀 알지 못했다. 그는 그녀가 어디에서 지냈는지 말해 주기를 기다렸지만 그녀는 말하지 않았다. 지난 오 년 동안 그녀가 어떤 삶을 살았는지 말해 주기를 그는 기다렸다.

그동안 어디에 있었느냐고 그가 물었을 때 그녀는 대답했다.

—모든 곳에.

그리고 다른 말은 하지 않았다.

항상 이런 식이었다. 그들이 할 수 있는 유일한

방식으로 시간이 흘러갔다. 하지만 이제는 과묵과 수줍음 속에서 그들은 서로를 기억하고 있었다. 마치 서로가 서로에게 손에 쥐고 들여다볼 수 있는 렌즈가 된 것 같았다.

이런 방식으로 그들의 주변에 편안함이 깃들기 시작했다.

—곧 만나게 될 거야.

헤어질 때면 그녀는 항상 이렇게 말했다.

바로 다음 날 그녀를 보게 될지 혹은 다음 주에 보게 될지 혹은 이번이 마지막 만남인지 그는 전혀 알 수 없었다.

하지만 그녀는 계속해서 왔다. 때때로 그녀는 아침에 방문했다. 다른 날에는 오후에 왔다. 어느 땐 그가 창가에 있는 그녀를 발견할 때까지 밖에서 기다리기도 했다. 그럴 때 그녀는 자신이 오랜 세월 동안 간직해 온 기요시의 자전거에 기대어 서 있었다.

그녀는 이제 스물네 살이었다. 한때 기요시가 그랬던 것처럼 그녀는 날마다 의자에 웅크려 앉아서 차를 마셨다. 그가 재단해야 할 일감이 있으면 그녀는 그가 일하도록 내버려두고 오가는 행인들을 지켜보았다.

그가 기억하는 예전의 그녀 모습이 비치는 날들도 있었지만, 그녀는 더 자신감 있고 확신에 차 있었다. 이제 나이가 더 들어서 말할 때 그녀의 목소리가 변했다는 걸 그는 알았다. 가게에 손님이 들어서면 그녀는 인사를 건넸고, 여성들이 입은 드레스나 남성들이 입은 양복에 찬사를 보냈다. 손님들은 그녀가 누구인지 궁금해하며 호기심 어린 눈으로 그녀를 바라보았다.

두 사람은 가게 안에서만 만났다. 그녀는 햇빛을 등지고 두 눈을 감았고, 자주 그랬던 것처럼 고개를 한쪽으로 기울였다. 그가 점점 익숙해지고 그러다가 기대하게 된 몸짓이었다. 그는 그러한 몸의 움직임을 사랑하게 되었는데 마치 아직 보지 못한 그녀의 일부분이 갑작스럽게 드러난 것 같았다.

하지만 때때로 그는 몸을 움직일 수도 그녀를 바라볼 수도 없었다. 그는 자신이 상상을 하고 있고, 거기에 그녀가 존재하지 않을까 봐 두려웠다. 그럴 가능성이 있었다. 그리고 그런 생각이 들 때 그는 공허감에 사로잡혔다. 마치 그가 더는 여기에 존재하지 않고 몸의 껍데기만이 탁자 위에 널브러져 있는 것 같았다. 뒤쪽에서 그녀가 움직이며 내는 소리를 계속 듣는데도 그는 이유를 알 수 없는 슬픔을 느꼈다. 그 슬픔은 그녀와는 전혀 상관없는 것 같았고 그보다는 그가 오랫동안 품어온 생각의 파편인 것 같았다.

하지만 물론 그녀는 거기에 있었고, 떠나지 않았다. 그녀는 멀리 떨어진 벽 옆에 서 있었고, 팔짱을 낀 채 마치 도서관에 온 것처럼 선반을 훑어보고 있었다.

언젠가 바짓단을 시침질하고 있을 때 그는 그녀가 옷장을 뒤적이는 소리를 들었다. 그러다가 조용해졌고 가게 뒤쪽을 봤을 때 그녀는 사라지고 없었다.

몇 분 후에 그녀가 커튼을 젖히고 부엌 쪽에서 나왔는데 양복을 입고 있었다. 양복은 회색이었고, 기요시가 그를 위해 만든 것이었다. 그녀는 챙이 짧은 모자를 썼고 모자가 두 눈을 가리고 있었다. 그녀의 목에 짙은 파란색 넥타이가 걸려 있었다.

—도와줘.

그녀가 말했다.

양복 상의는 그녀에게 컸고 어깨 부분이 너무 넓었다. 하지만 그는 그녀를 돌려세우고 그 모습에 감탄했다. 그가 그녀를 감싸안고 창가로 이끌었다. 그녀는 삐딱하게 모자를 쓴 채 바깥을 내다보며 서 있었다. 지나가던 사람들이 멈춰 섰고, 그녀가 움직이는지 알아내기 위해 기다렸다.

그녀는 움직이지 않았다. 그녀는 얼어붙은 자세 그대로 서 있었다. 잠시 후 요한이 만든 드레스로 갈아입은 그녀가 다시 창가로 갔다. 동네 아이들이 거리에 모여들었고 그녀의 주의력을 방해하기 위해 팔을 휘저었다. 가끔씩 그녀는 아이들에게 윙크하거나 몸을 앞으로 숙이고 소리를 크게 질렀다.

—우우!

그러면 아이들은 겁먹은 척하면서 뿔뿔이 흩어졌다.

그녀가 그를 돕기 시작했다. 그녀는 과일과 쿠키를 챙겨서 일찌감치 가게에 왔고 커피를 끓이려고 서둘러 실내를 가로질렀다. 바닥을 스치는 그녀의 맨발이 가벼웠다. 그녀는 그가 배달 갈 때 동행했고, 그가 건물 안으로 들어가면 보도 위에서 기다렸다.

가게에서 그녀는 재단된 옷을 포장했고 실내의 가장자리를 돌며 선반의 먼지를 털었다. 요한이 양복을 짓기 위해 고객의 치수를 잴 때 그녀는 노트를 들고 요한의 옆에 서 있었다.

가게 문을 닫은 후에 그들은 라디오를 들으며 몇 시간씩 보냈다. 샹송을 들려주는 방송국에 채널을 맞추면 비아는 발을 톡톡 두드리며 중얼중얼 따라 하면서 언어를 연습했다. 뉴스를 들을 때도 있었다. 도시와 다른 나라에 대해 말하는 남자의 웅얼거리는 목소리가 가겟방을 가득 채웠다.

그녀는 매일 오후 한 시간 동안 기요시의 재봉틀 앞에 앉아 있었다. 그녀가 혀를 잘근거리며 그가 건넨 여분의 천 조각으로 바느질 연습을 하는 동안 요한은 그녀의 어깨 안쪽을 들여다보곤 했다.

자신의 작업대에 앉은 그녀를 기요시가 어떻게 생각할까 하고 그는 생각해 보았다. 얼마전까지만 해도 자신이 재단사의 첫 번째이자 유일한 견습생이었다는 걸 그는 생각해 보지 않았다. 그 남자가 자신을 왜 받아들였는지, 기요시가 자발적으로 그랬는지, 아니면 어떤 요청을 수용했는지, 그는 지금까지도 알지 못했다.

그 첫해의 어느 날 밤, 그는 기요시가 몸을 흔드는 바람에 잠에서 깼다. 그는 자신이 잠결에 비명을 지르고 있었다는 걸 알지 못했다. 그는 정신을 차릴 수 없었다. 두 눈동자가 선명하지 않았다. 그의 옷은 젖어 있었다. 기요시가 양팔로 그를 안아서 들어 올렸다. 목욕물을 길어 온 후 기요시가 가게의 발받침대를 가져왔고 욕조 옆에 앉았다. 그가 따뜻한 물을 요한에게 끼얹은 후 등을 문질러 주었다. 요한은 양팔로 무릎을 껴안은 채 물속에 앉아 있었다. 그는 기요시의 손길이 멈추지 않기를 바랐다.

지난 수년 동안 그랬듯이 지금 자신의 삶이 아주 멀리 여겨지는가 하고 그는 생각해 보았다. 녹색 드레스를 입고 탁자 위로 등을 구부린 채 바느질하는 그녀를 바라보고 있자니 그것은 불가능해 보였다.

어느 날 그녀가 둘둘 말린 옷감을 어깨에 메고 왔

다. 그녀가 현관문을 밀고 들어서자 요한이 출입문을 잡아 주었다. 그녀의 온몸이 땀에 젖어 있었다.

—사람들이 저걸 그냥 버리고 있었어.

그녀가 말했다.

—방직 공장에서. 새것이야, 그렇지? 그 건물에. 원한다면 더 있어. 난 하나만 들고 올 수 있었어. 좋은 물건이야. 그렇지?

그녀가 팔뚝으로 얼굴을 닦았다. 그녀가 옷감을 두드리자 먼지가 뿜어져 나왔고 그녀는 비명을 질렀다. 요한은 웃음을 터트리며 부엌으로 달려가 수도꼭지에서 손수건을 적셨다.

그가 다시 돌아왔을 때 그녀는 자리에 앉아 있었다. 그녀의 위쪽에 서서 그는 피부에 내려앉은 먼지를 닦아 주었다. 얼굴에서 시작해서 양어깨와 두 손으로 수건이 옮겨 갔다.

그들은 아무 말도 하지 않았다. 그는 그녀가 자신을 지켜본다는 걸 느꼈다. 그녀의 손가락에 굳은살이 박여 있었다. 손톱 아래에는 흙이 묻어 있었다. 그가 그녀의 손바닥을 납작하게 폈다. 그의 집게손가락이 그녀 피부의 실금을 따라갔다. 그녀는 고개를 한쪽으로 기울이며 그가 그렇게 하도록 내버려 두었다.

그날 오후에 그는 두 눈을 감고 방에 비치는 태양을 음미하고 있었다. 그림자 하나가 지나갔다. 그는 움직이는 소리를 들었지만 그대로 두 눈을 감고 있었다. 느릿느릿, 그녀가 한 손을 그의 머리칼 사이로 밀어 넣었다. 그녀가 그의 구부러진 코와 흉터의 윤곽선을 따라갔다. 그녀가 그의 눈꺼풀에 입술을 댔다. 그런 후에 그에게서 떨어져서 다른 쪽 눈으로 향했다. 그녀의 몸짓은 가벼웠고 거의 머뭇거리는 것 같았다. 그는 자신의 이마에 닿는 그녀의 숨결을 느꼈다.

시간이 얼마나 완벽하게 누군가를 외면할 수 있는지. 그것이 얼마나 멀리 도약할 수 있는지. 그는 종소리를 들었고 두 눈을 떴다.

17

늦은 저녁이면 그녀는 자전거를 타고 거리를 빙빙 돌았다. 가로등 불빛 속에서 나타났다 사라지는 회전목마 같았다.

—요한!

그녀가 불렀다. 그는 방 밖으로 몸을 내밀며 손가락을 입술로 가져갔다. 그리고 서둘러 가게를 가로질렀다.

그녀는 그를 따라서 출입구의 커튼을 지나 계단을 올라갔다. 그녀가 이곳까지 올라온 적은 한 번도 없었다. 그의 방 옆에서 걸음을 멈춘 그녀가 내부를 살펴보았다. 그런 후에 계속해서 옥상을 향해 계단을 올랐다.

밤은 맑고 따뜻했다. 그가 의자를 뒤집었고 두 사람은 나란히 앉아서 옥상의 가장자리에 발을 올렸다. 어디선가 트럼펫 연주가 들려왔다.

세상은 부드러워졌고 모서리는 사라졌다. 그들은 아직 불이 밝혀진 창문 몇 개를 발견했다. 그들은 손가락으로 한 곳을 가리켰고 다른 한 곳을 가리키며 그 안의 삶을 상상했다. 자기 삶의 일부분이 된, 사각형 너머의 모든 이의 삶을 그는 상상했다. 그들은 항상 거기 있었고 그 방들은 그와 그리 멀리 떨어져 있지 않았다.

그는 비아의 말소리를 들었다.

—오.

그리고는 뭔가가 도로에 부딪히는 소리. 그녀가 발을 들었고 그는 샌들 한 짝이 없어진 걸 보았다.

그들은 지붕 아래를 내려다보았다. 보도에 떨어진 샌들이 가로등 불빛을 받아 빛나고 있었다. 누가 오는지 보려고 기다렸지만 아무도 오지 않았다. 거리는 텅 비어 있었다. 마치 샌들이 살아서 움직일 것처럼 그들은 계속해서 샌들을 지켜보았다.

그녀의 손과 손목이 지붕의 가장자리를 더듬었고 그는 그녀의 그 부분이 변했는지 기억하려고 애썼다. 그는 어린아이였던 그녀를 떠올렸고, 지금 눈앞의 여자에게서 그 시절의 모습을 찾으려고 애썼다. 그는 그녀가 산티를 데리고 다녔던 걸 떠올렸다. 두 사람이 온종일 끈기 있게 시장에 앉아서 팔찌를 팔던 모습을 생각했다.

그리고 모든 게 어떻게 되었는지 그는 생각했다. 이 옥상, 이 마을, 이 나라에서 그는 자신의 삶에 다시 등장한 비아와 함께 있었다. 그녀가 예전에 이곳에 왔었는지, 두 사람이 서로를 그리워했었는지 그는 생각해 보았다. 그리고 지난 몇 년간 그녀가 어떻게 살았는지, 무엇을 보았고 무엇을 떠나왔는지, 만약 그녀가 뭔가를 기대했다면 이곳에 돌아와서 무엇을 찾기를 기대했는지 다시 생각해 보았다.

그들은 계속해서 옥상의 가장자리에 기대어 앉아 있었다. 공기가 서늘해졌다. 마을의 옥상에 달빛이 내려앉았다.

—어느 날 아침에 일어나서,

그녀가 말했다.

—당신을 기억했어. 그냥 그렇게. 아마 당신이 꿈속에 나타났었을 거야.

그녀의 목소리가 느려졌다. 그녀는 양손 위에 머리를 얹고 불빛이 밝혀진 몇몇 창문을 바라보고 있었다. 하늘에서 작은 그림자가 나타나 텔레비전 안테나 너머로 날아갔다.

—그냥 그렇게,

그녀가 말했다.

—이렇게 오랜 시간이 지난 후에. 빛속에서 당신이 어깨에 가방을 메고 선착장에 서 있었던 걸 기억했어. 그리고 노인용 양복을 입고 비뚤어진 코에 짧은 머리를 한 당신이 무척 피곤하고 슬퍼 보였던 걸 기억했어. 그리고 내가 당신에게 주려고 선원에게 파란색 우산을 주었고 당신이 사용법을 몰라서 그걸 손에 들고 있었던 걸 기억했어. 그런 후에 당신은 화물을 내리는 선원들에게 손을 흔들었고, 마치 기도하거나 한숨 쉬거나 겁에 질린 것처럼 가슴에 한 손을 얹었어. 그리고 난 이곳에서 하루하루를 보았어. 산티와 기요시를 보았어. 그리고 자전거와 아동용 코트를 가지고 언덕에서 나를 기다리는 당신

을 보았어. 당신이 살아남은 전쟁과 당신의 목소리와 발걸음에 남아 있는 전쟁에 대해 생각해 보았어. 그리고 내가 간직했지만 오랜 시간 동안 깨닫지 못했던 그 세월에 대해 생각해 보았어.

—그래서 난 일어섰어. 빵 한 조각을 먹고 물 한 잔을 마셨어. 머리를 빗고 옷을 입었어. 그런 후에 자전거를 탔고, 요한, 당신이 어디로 갔을까 궁금해하면서 달렸어.

그날 밤 비아는 옥상에서 잠들었다. 그녀는 지붕의 가장자리에 기댄 채 의자에서 잠이 들었다. 그는 한동안 그녀 곁에 있다가 그녀의 팔 아래로 양손을 집어넣고 들어 올렸다.

그는 옥상을 가로질렀다. 그녀를 안고 계단을 내려가 부엌으로 갔다. 그가 방문을 열고 간이침대에 그녀를 눕혔다. 담요를 덮어 주었다가 마음을 바꾸었다. 그녀는 따뜻했다. 샌들을 벗겨 바닥에 내려놓았다. 그녀는 옆으로 누워 잠들어 있었다. 그가 그녀의 머리칼 위로 손을 한 번 움직였다. 짧은 머리칼이 여전히 익숙해지지 않았다.

그가 서둘러 가게 안으로 갔고 그녀의 자전거를 지나쳤다. 그는 샌들 한 짝을 가져오기 위해 바깥으로 나갔다.

늦은 시간이었고, 거리는 조용했다. 그는 거기 보도에 서서 양복점을 마주 바라보았다. 유리창을 통해 뒤쪽 건물과 열려 있는 발코니 문을 볼 수 있었다. 그 위에는 달.

그는 아래를 내려다보았고 자기 자신의 모습을 보았다. 유리창에 비친 모습은 흐릿했고 손에는 샌들 한 짝이 들려 있었다. 그와 그의 아버지는 서로 머리칼을 잘라 주곤 했었다. 새들이 둥지를 만들 수 있도록 그들은 숲 여기저기에 머리칼 뭉치와 가닥들을 뿌리곤 했었다.

그게 얼마나 오래전 일인가 하고 그는 생각했다. 둥지가 나무가 되는 방법이 있다고 그는 믿곤 했었다.

18

다음 날 깨어보니 기요시의 방은 비어 있었다. 침대는 정돈되어 있었다. 시트는 자리 잡혀 있고 담요는 개켜져 있었다. 그는 방문에 기대어 섰다. 파리 한 마리가 천장 구석에서 맴돌고 있었다. 침실용 탁자, 사진, 옷이 가득한 서랍장, 그리고 침대 밑 슬리퍼를 둘러보았다. 그녀의 몸 형태가 아직 남아 있는지 보려고 매트리스를 한 번 더 내려다보았다.

마치 아무도 여기 머문 적이 없는 것 같았다. 텅 빈 방에서 그녀가 또다시 떠났다는 걸 그는 알았다.

그는 출입문 안내판을 그대로 둔 채 가게를 나섰다. 날씨가 맑았다. 가게들이 문을 열고 있었다. 빵

집 안에는 벌써 줄이 늘어서 있었다. 그의 위쪽으로 발코니 문이 열려 있었다. 그의 이웃은 식물에 물을 주었고 그녀의 남편은 텔레비전 채널을 돌렸다.

그는 언덕을 올라갔다. 교회를 지나 들판으로 들어가서 산등성이로 향했다. 그는 해안과 말들이 벌써 풀을 뜯고 있는 농지를 휘둘러보며 나무 아래에서 기다렸다. 도로가 텅 비어 있었다. 그는 양손으로 손차양을 만들며 계속해서 기다렸다.

발소리가 가까워질 때까지 그는 소리를 듣지 못했다. 몸을 돌리자 페이쉬가 거칠게 숨을 쉬며 오르막길을 올라오는 게 보였다. 찢어진 셔츠를 입은 그 남자는 안경을 벗은 후 손수건으로 이마를 닦았다.

—여기 아직 생명이 남아 있어.

페이쉬가 지팡이로 다리를 두드리며 말했다.

그는 페이쉬가 앉을 수 있도록 팔을 잡아 주려고 했지만 교회 관리인은 고개를 저었다. 페이쉬가 주머니에서 망원경을 꺼냈다.

—내 어머니 것이야.

그가 말했다.

—어머니는 이걸 해안에서 발견했어. 아주 오래

전에. 모래 속의 별, 이렇게 불렀어. 어머니가 이걸 집어서 들여다보았지. 어머니가 몸을 빙그르르 돌렸어. 그 원 안에서 자신을 향해 노를 저어 오는 한 남자의 실루엣을 보았어. 어부. 3개월 후에 어머니는 그와 결혼했어.

—나는 이곳에 서서 이걸로 수용소를 지켜보았고, 기요시가 공중으로 돌을 던지는 걸 보곤 했지. 아니면 내 아버지를 찾았거나. 그들은 해안을 따라서 물고기를 잡았어. 얕은 물에서. 조개류. 때때로 나는 하루 종일 이걸 지니고 다녔어. 이유는 모르겠어. 자, 여기. 한번 봐봐.

요한은 망원경의 길이를 늘인 후 렌즈를 들여다보았다. 높은 갯바위에 앉은 바닷새들이 눈에 들어왔다. 새 호텔의 깃발. 옥상 빨랫줄에 걸린 티셔츠의 선명한 붉은색.

페이쉬가 고개를 뒤로 젖히고 나무를 살펴보았다.

—난 이 나무에 오른 적이 한 번도 없어.

그가 말했다.

그는 자신의 한쪽 다리를 문질렀다. 그가 씩 웃었다. 페이쉬가 요한의 어깨를 잡았다.

그가 말했다.

—도와줘.

그리고는 지팡이를 떨어뜨린 후 요한에게 체중을 실었다.

요한은 웃음을 터트리며 남자의 허리를 양팔로 감싼 후 최대한 높이 들어 올렸다. 페이쉬가 나뭇가지를 향해 손을 뻗었다. 요한이 두 손으로 계단을 만들었고 교회 관리인은 곧바로 높은 나무 위에 걸터앉았다.

요한이 지팡이를 집어서 나뭇가지에 걸었다. 그는 망원경을 돌려주었다. 페이쉬는 몸을 뒤로 기대고 눈을 감았다.

—요한,

그가 말했다.

—고마워. 난 잠시 여기 있을게.

페이쉬가 어떻게 나무에서 내려올 수 있을지 그는 알 수 없었다. 여전히 두 눈을 감은 채 페이쉬가 자신의 양팔을 톡톡 두드렸다.

—여기 아직 생명이 남아 있어.

그가 말했다. 그가 손을 흔들었고 요한도 화답하

여 손을 흔들었다.

그가 들판을 반쯤 가로질러 갔을 때 페이쉬의 목소리가 다시 들렸다.

—어촌에 가서 찾아봐.

그가 말했다.

바람이 불고 있었다. 저 멀리, 높은 나무 위에서, 자신의 친구가 바다를 향해 망원경을 들어 올리는 걸 그는 보았다.

그는 항구와 배들을 지나 남쪽 해안 도로를 따라 걸었다. 마을에서 멀어졌을 때 그는 도로를 벗어나 해변으로 내려갔다. 해안의 곡선을 따라 움직이면서 모래사장을 따라서 계속 걸었다.

높은 절벽의 아랫부분에 작은 만이 있고 숲 너머에 집들이 옹기종기 모여 있었다. 판잣집과 임시 피난처들이었는데 지붕이 양철, 짚, 버려진 타일 등으로 만들어졌다. 좁은 굴뚝에서 연기가 피어올랐다.

남자와 여자들의 모습이 나타났다. 그들은 숲을 가로질러 해변에 놓인 통나무 보트를 향해 다가갔다. 그들이 그를 지나쳤고 몇몇은 몸을 숙이며 고개를 끄덕였다. 그들이 보트를 꽉 붙잡고 앞쪽으로 밀었다. 보트의 선체가 모래를 갈랐다.

입구가 벌어진 책가방 하나가 숲 근처의 통나무에 세워져 있었다. 그가 무릎을 꿇었다. 책가방 안에 겨울 코트가 개켜져 있었다. 그는 낡은 깃과 해진 소매를 보았다. 옷감의 색이 바래 있었다. 그가 코트를 만졌고 닻이 달린 단추들을 잡았다. 그가 울기 시작했다.

마을 사람들은 그를 그대로 내버려 두었다. 그가 얼굴을 닦았다. 넥타이를 느슨하게 푼 후 책가방 옆의 통나무에 앉았다.

요한은 그곳에서 하루를 보냈다. 그는 바다로 떠나는 가족들과 뭍으로 되돌아오는 가족들을 지켜보았다. 경첩이 삐걱대는 소리, 발걸음 소리, 바닷새 소리를 들었다.

한 남자가 그에게 다가왔다. 신문 꾸러미를 겨드랑이에 끼고 있었다. 그는 키가 컸고 연한 색의 머리칼이 길었다. 재로 뒤덮인 양손이 새까맸다. 그가 눈을 비비고, 하품한 후, 요한에게 꾸러미를 건넸다. 그가 잡은 물고기 여섯 마리가 안에 들어 있었다. 요한은 고맙다고 말하며 고개를 저었다. 남자는 어깨를 으쓱하며 꾸러미를 바구니에 담았다.

오후가 되자 나무들 사이에서 아이들의 목소리가 들려왔다. 아이들이 그의 주변에 모여들어서 그가 재단사인지 여기서 뭘 하고 있는지 물었다. 아이들이 번갈아 가며 그의 넥타이와 옆에 내려놓은 양복 상의를 살펴보았다.

한 소녀가 축구공을 가져왔다. 요한은 신발을 벗고 해변에서 아이들과 축구를 했다. 그가 달렸다. 아이들이 그의 뒤를 쫓았다. 모래 위에 수천 개의 발자국이 남았다.

그는 어떤 가족이 불을 피우는 걸 도와주었다. 통나무로 다시 돌아간 그는 자신의 담배를 마을 사람들과 나누었다. 한 남자가 망설이면서 셔츠와 실을 가지고 왔다. 요한은 찢긴 옷을 수선해주었다. 그런 후에 그 남자가 자녀들의 옷을 가져왔고, 그는 그 옷들도 수선했다.

저녁 무렵에 만으로 접근하는 여러 척의 작은 통나무 보트를 보았다. 보트는 해안을 따라서 남쪽에서 왔고 바다 여기저기에 흩어져 있었다.

보트들 사이에 비아가 있었다. 그녀는 짚으로 만든 챙이 긴 모자를 썼고, 녹색 드레스의 치맛자락을 다리에 묶었다. 그녀가 만 안쪽으로 노를 저었다.

그녀 주변에서 어부들이 물속으로 뛰어들었고 자신들의 보트를 해안으로 끌어당겼다. 그들은 그물과 조개가 담긴 양동이를 들고 해변으로 올라가 집으로 향했다.

그가 그녀에게 다가갔다. 그는 그녀도 내릴 거라고 여겼지만 그녀는 파도에 이리저리 흔들리는 보트 안에 앉아 있었다. 모자챙이 눈을 가려서 그녀가 어디를 보는지 알 수 없었다.

그 순간 그가 가장 원했던 건 그녀의 얼굴을 보는 것이었다.

—자. 그럼 이리로.

그녀가 말하면서 한 손을 들었다.

처음으로 그녀의 목소리에 당혹감이 실려 있다고 그는 생각했다. 만에 앉은 그녀가 갑자기 작아 보였다.

그래서 그는 바닷물 속으로 발을 디뎠다. 그는 물

살을 헤치며 그녀 쪽으로 걸었고 보트에 올라탔다. 그녀가 뒤쪽에서 안내할 때 그는 축축한 그녀의 손에서 시원함을 느꼈다.

그의 바지는 흠뻑 젖었다. 그녀가 미소 지었다. 그녀는 양철과 부러진 빗자루 손잡이로 만든 노를 쥐고 있었다. 빈 양동이와 그물이 그녀의 발 옆에 놓여 있었다.

그녀가 모자를 뒤로 젖힌 후 동작을 멈췄다. 그를 향해 몸을 돌린 뒤 그녀는 자신의 손바닥을 내려다보았다.

—요한,

그녀가 말했다.

—난 이걸 잘 못해.

그녀가 입을 다물었다. 마을에서 소리가 들려왔고, 축구공을 든 소녀가 통나무 위에 서서 기다리고 있었다.

그들은 만을 떠나 바다로 나아갔다. 아직 땅거미가 내리지 않았고, 햇빛은 여전히 두 사람을, 그리고 바닷물을, 밝게 비추었다. 그는 그녀의 뒤편에 앉아 있었다. 언덕 마을을 향해 해안을 따라가는 동안 그녀의 모자에서 드리워진 긴 그림자가 그녀의 어깨 위로 펼쳐졌다.

한낮의 더위가 물러가고 바람이 불고 있었다. 그는 보트가 전진하는 걸 느꼈다. 그는 그녀의 등에서 말라가는 바닷물을 지켜보았다. 그녀의 두 손의 움직임. 보트 주변에서 퍼져나가는 물살. 바다는 잔잔했다. 그는 손가락을 바닷물에 담갔다.

항구가 가까워지자 그는 맨 처음에 그랬듯이 마을을 바라보았다. 모든 배와 모든 집. 수천 개의 유리창. 그는 언덕의 꼭대기를 올려다보았다. 이제는 별 하나가 그 나무에 걸려 있었다. 그것은 잎사귀들 사이에서 빙빙 맴돌며 깜빡거렸다. 그러다가 그는 그것을 시야에서 놓쳤다.

그는 그녀가 항구로 들어설 거라고 생각했지만 그녀는 계속해서 해안을 따라갔다. 한 소년이 파라솔을 하나씩 접고 있었다. 파라솔의 하얀색과 붉은색 줄무늬가 사라지고 있었다.

—비아,

그가 앞으로 몸을 기울이며 말했다.

—산티는 어디 있어?

하지만 그녀는 대답하지 않았고 계속해서 통나무 보트를 움직였다. 그는 강에 대해 생각해 보았다. 그가 기슭에서 쉬었던 강, 가로질러 건넜던 강, 그리고 사람들의 목숨을 앗아간 강에 대해 생각했다. 그는 물살의 속도와 모양에 대해 생각했다.

그리고 그는 말했다.

—비아. 이번에는 머물러 있어.

그녀가 노를 한 번 저었다가 멈췄다. 그는 차츰 조용해졌다. 그들이 마을에서 멀어지며 떠내려갈 때 그는 그곳에서 몸을 일으키는 비아의 모습을 지켜보았다. 그녀가 균형을 잡기 위해 양팔을 벌렸다. 그런 후에 보트를 가로질러 그를 향해 다가왔다. 불빛들이 나타났고 저녁이 시작되었다.

감사의 말

기차가 긴 터널을 빠져나오자

눈의 고장이었다.

—가와바타 야스나리

고마운 나의 가족, 에단 러더포드, 나연 조, 러셀 페로, 돈 리, 마이클 콜리어, 앤 패칫, 조안 실버, 케이트 월버트, 한나 틴티, 세라 순리엔 바이넘, 로렌 그로프, 캐롤라인 케이시, 질 마이어스, 국립 도서 재단, 베닝턴 글쓰기 세미나, 스벤 버커츠, 빅토리아 클라우시, 던 데이턴, 브라이언 모튼, 에이미 헴펠, 사랑하는 브렛 앤서니 존스턴, 사이먼앤슈스터,

조나단 카프, 리차드 로러, 웬디 쉐닌, 안드레아 드베르드, 트레이시 게스트, 제시카 짐머만, 레베카 마쉬, 재키 서우, 크리스토퍼 린, 아이린 케라디, 지나 디마시아, 조이 오메라, 로레타 데너, 제인 엘리아스, 에밀리 그라프, WME, 로라 보너, 숀 돌란.

메리수 (그리고 테아)에게, 도약을 위해.

그리고 빌에게, 항상, 포옹을 위해.

옮긴이 해설

전쟁의 슬픔 속에서 아스라이 전해지는 구원 가능성

2009년 첫 소설집을 발간한 이후 지금까지 다섯 권의 소설책을 펴낸 폴 윤은 여백 있고 서정적인 문체를 구사하는 작가로 명성이 나 있다. 2013년에 발간된 첫 장편소설『스노우 헌터스』역시 한국전쟁 북한군 포로에 관한 이야기라는 어두운 역사적 무게감에도 불구하고 특히 문체에 관한 관심과 호평이 쏟아졌다. "문장의 대가"(배디 래트너), "선명하고 상쾌한 해빙 같은 언어"(세라 순리엔 바이넘) 같은 동료 작가들의 찬사가 이어졌고, "서정적이면서도 정확한"(뉴욕 타임스), "문장이 너무도 순수해서 초자연적인 느낌이 든다."(퍼블리셔스 위클리), "일상적이고 초현실적인 언어의 장인"(뉴욕 매거진) 등과 같은 언론의 서평이 잇달아 나왔다.

"종종 헤밍웨이의 문체를 떠올리게 한다"(보스턴 글로브)는 언어의 장인이 쓴 소설을 우리말로 번역하는 일은 뭔가를 무릅써야 한다는 각오와 용기를 다지게 했다. 더욱이 원래 500페이지 분량의 초안에서 시작된 원고가 약 200페이지로 압축되었다고 하니, 과연 이 소설이 말해진 것보다 말해지지 않은 것이 더 많은 이유, 장편소설인데도 한 폭의 수묵화처럼 맑고 정갈한 이유를 알 것 같았다. 무엇보다도 이 소설은 느린 독서를 해야 제격이다. 천천히 읽으며 행간의 의미를 음미하다 보면 단어와 구절이 조합하여 빚어내는 언어 예술의 아름다움을 느낄 수 있다. 그런 후에는 이 소설의 과묵과 침묵이 조심스럽지만 확실하게 전달하는 위로와 사랑의 형태를 느낄 수 있다.

언어의 장인이 쓴 소설을 우리말로 옮기는 일은 지극히 부담스러웠지만, 사실 나는 『스노우 헌터스』를 번역하는 동안 매 순간 위로받았다. 한국전쟁 북한군 포로에 관한 서사, 더욱이 휴전협정 후

남한이나 북한이 아닌 중립국*인 브라질을 정착지로 선택한 전쟁포로 이야기를 통해 위로를 받다니, 나 자신도 설명할 수 없는 경험이었다. 소설과 함께하는 동안에도 러시아-우크라이나, 이스라엘-하마스 간의 전쟁 소식은 날마다 전해졌다. 세상은 달라지지 않았다. 70여 년 전에 발발한 한국전쟁과 지금 벌어지고 있는 전쟁들은 폭력의 양상과 깊이에 있어서 닮은꼴이다. 전쟁의 폭력과 슬픔. 『스노우 헌터스』를 읽는 동안 내가 경험한 건, 독자의 슬픔과 무기력을 향해 소설 문학이 건네는 위로이자 아스라한 희망이었다고 생각한다.

『광장』과 『스노우 헌터스』

나는 한국전쟁 소설에 관한 자료를 찾는 과정에서 『스노우 헌터스』를 처음 발견했다. 나로서는 '발견'이었지만 2013년 발표 당시에 이 소설은 이미 미국 문단과 언론의 주목을 받았고, 학계에도 연구 논문이 여러 편 발표되어 있었다. 원서를 처음 읽

* 한국전쟁 시기에 사용된 '중립' 또는 '중립국'의 의미는 당시에 참전한 유엔이나 공산 측 국가가 아닌 제3국을 의미한다.

었을 때 전율을 느꼈는데, 요한이 브라질의 항구에 도착하는 첫 장면이 최인훈의 『광장』(1960)의 마지막 장면을 떠올리게 했기 때문이었다. 한국전쟁 휴전협정 후 중립국을 선택한 88인의 포로에 관한 역사적 사실로 미루어 보아 요한이 탄 선박은 당시 중립국송환위원회(Neutral Nations Repatriation Commission) 의장국이었던 인도에서 출발했을 것이다. 그리고 잘 알려져 있듯이, 중립국을 선택한 북한군 포로인 『광장』의 이명준은 한반도를 떠나 인도로 향하던 도중에 선박에서 투신자살한다.

한국문학사에서 최인훈의 『광장』이 이룬 성취는 4·19혁명의 정치사적 의미와 종종 비견되었다. 1976년 문학과지성사의 전집판 해설을 쓴 김현 평론가는 "정치사적인 측면에서 보자면 1960년은 학생들의 해이었지만, 소설사적인 측면에서 보자면 그것은 『광장』의 해이었다고 할 수 있다"라고 첫머리에 썼다. 『광장』이 4·19혁명의 문학사적 의미로 자리매김이 된 데에는 이 소설이 전후의 대다수 작품이 표방한 반공주의 리얼리즘의 서사적 관습을 뛰어넘었을 뿐만 아니라, 극단적인 좌우 이념의 체계를 넘어서 '중립'이라는 새로운 선택지와 비전을 제시했기 때문이었다.

하지만 『광장』이 제안한 중립의 비전은 소설의 마지막에서 이명준이 투신자살함으로써 현실적 가능성이 사라져버린다. 이 때문에 이명준이 현실에서 포기한 중립 또는 제3국의 삶이 과연 어떠할지 독자는 후대의 작품을 기다릴 수밖에 없었다. 그런 의미에서 북한군 포로인 요한이 중립국인 브라질에 도착하면서 서사가 시작되는 『스노우 헌터스』는 한국전쟁 문학사의 계보 속에서 그 의미가 특별하다고 할 수 있다. 요한은 이명준이 멈춘 바로 그 지점에서 '또 다른 이명준'의 삶의 가능성을 보여주고 있다. 인도행 남중국 바다에서 투신한 이명준의 서사를 이어가기라도 하듯이 전쟁의 상처와 트라우마를 지닌 요한은 "그 겨울, 비가 내릴 때" "바다를 건너"(15) 브라질에 도착한다.

『스노우 헌터스』의 요한은 직관적이고 순박한 농장 일꾼의 아들이다. 한반도의 북쪽 마을에서 태어나고 자랐을 뿐 그는 이념 따위에는 관심이 없다. 요한은 공산주의자가 아닌 공산포로이다. 무엇보다도 요한은 타인을 배려하는 법을 알고 있다. 군부대를 따라 남하하던 어느 날 요한은 폐허가 된 공터에서 잠이 든 남자아이를 발견한다. 아이를 보고 "마치 궁전을 발견한 것 같았다"(195)고 여긴 그는 다른 사람들이 알아챘는지 둘러본 후에 소년이 깨지 않도록 조심하면서 그곳을 떠난다. 또 다른 날에 요한은 군인들을 피해 강물 속에 몸을 숨긴 두 소녀와 맞닥뜨린다. 요한은 소녀들을 못 본 척한 후에 자신이 줄 수 있는 물품들을 강둑에 남겨 두고 떠난다(196).

인쇄된 단어의 숫자보다 행간의 의미가 더 풍부한 소설

『스노우 헌터스』는 작가 특유의 문체와 서술 방식으로 인하여 인쇄된 단어의 숫자보다 행간의 의미가 더 풍부한 소설이다. 단어와 단어, 문장과 문장 사이에 광활한 상상력의 공간이 놓여 있다. 이런 까닭에 『스노우 헌터스』는 역사적 사건을 사실적으로 묘사하지 않고 함축적이고 상징적으로 제시한다. 가령 요한이 본국송환을 거부하고 중립국을 선택하는 장면은 다음과 같이 그려져 있다.

어느 날 그는 집으로 돌려보내진다는 말을 들었다.

그의 나라로, 라고 그들이 말했다. 북쪽으로.

—송환.

그들은 이렇게 불렀다.

그는 그들의 제안을 거절했다. 그 수용소에서는 그가 유일했다. (25쪽)

한국전쟁 포로사에 의하면 위 장면은 요한이 포로 자원송환(voluntary repatriation) 원칙에 따라서 본국송환을 거부하는 과정을 그린 것이다. 하지만 포로송환을 둘러싸고 발생한 엄청난 혼란과 갈등, 수많은 절차가 모두 생략되어 있다. "그는 그들의 제안을 거절했다. 그 수용소에서는 그가 유일했다."라는 두 문장의 앞뒤 그리고 사이에는 송환을 둘러싸고 반공포로와 친공포로 그룹 사이에 벌어졌던 회유와 협박, 폭력과 살상 사건이 핏빛 심연으로 가로놓여 있다. 따라서 빙산의 꼭짓점처럼 단 몇 줄로 묘사된 위 장면은 초현실적인 분위기를 자아낸다.

1951년 7월 10일 첫 휴전회담 이후 1951년 12월에 본격적으로 논의가 시작된 '포로에 관한 협의'는 휴전협상 중에서 가장 첨예하고 복잡한 사안이었다. 이 때문에 1952년 5월 27일 군사분계선 분할을 포함한 모든 의제가 타결된 후에도 유엔과 공산 양측은 1년여 동안이나 포로송환에 관한 합의점을 찾지 못했다. 1953년 7월 27일 판문점에서 휴전협정이 체결되기까지 포로송환 문제는 협상을 지연시킨 주된 이유가 되었다.

포로송환 협상이 난제였던 이유는 전쟁 초반에 단기간에 수많은 포로가 발생했고, 양측의 포로 규모가 엄청난 불균형을 이루었기 때문이었다. 1951년 12월의 첫 협상 때 양측이 교환한 포로명단에 따르면 유엔 측은 13만여 명, 공산 측은 1만 2,000여 명의 포로를 수용하고 있었다.* 따라서 더 많은 포로를 본국으로 데려가기 위해 공산 측은 (모든 포로가 본국에 귀속되는) '강제송환'을, 유엔 측은 (포로가 자유의사로 송환국을 선택하는) '자원송환' 원칙을 주장했다. 1953년 6월 8일, 마침내 자원송환을 하기로 최종 합의가 이루어질 때까지 양측은 14만여

* 국방부전사편찬위원회, 『한국전쟁 휴전사』, 1989, 6.

명의 포로를 둘러싸고 이른바 포로 전쟁을 벌였다. 이 과정에서 부산, 거제도, 제주도의 포로수용소에서 수많은 폭동과 소요와 살상 사건이 발생했다.

1953년 6월 8일에 타결된 포로송환 협상에서 마지막까지 쟁점이 된 사안은 본국송환을 거부하는 '송환거부 포로'의 거취 문제였다. 협상은 결렬과 재개를 반복했고 양측은 결국 인도를 의장국으로 한 중립국송환위원회를 구성했다. 인도는 송환거부 포로들을 관리하고 수송하기 위해 병력과 운영 요원을 제공했고, 스위스, 스웨덴, 폴란드, 체코가 참여한 송환위원회는 포로들을 대상으로 90일 동안 '면담'과 '설득' 기간을 가졌다. 그 결과 중립국을 최종 정착지로 선택한 88인의 포로*가 발생했다. 이후 이들은 민간인으로 신분이 전환되어 1954년 2월 8일, 철수하는 인도군과 함께 한반도를 떠났고, 최종 목적지가 정해지지 않은 채 약 2년간 인도에

---

* 이들은 한국군 포로 2명, 북한군 포로 74명, 중국군 포로 12명이다(조성훈, 『한국전쟁과 포로』, 선인, 2010, 380). 한편, 중립국행 한국인 포로 76인의 최종 목적지는 다음과 같다: 한국 5명, 북한 6명, 브라질 48명, 아르헨티나 11명, 인도 6명(조성훈, 같은 책, 418).

체류했다.

만약 요한이 본국송환을 거부하고 브라질을 선택한 북한군 포로 중 한 사람이었다면 그는 1954년 2월 8일에 한반도를 떠났을 것이고, 약 2년간 인도에 체류했다가 브라질로 출발했을 것이다. 하지만 『스노우 헌터스』는 리얼리즘 소설이 아니다. 그러므로 역사적 사실을 반추하며 소설의 내용을 따져보는 건 무의미한 일일 것이다.

『스노우 헌터스』의 원서 뒤편에 실린 대담에서 폴 윤은 이 소설을 쓰는 동안 영향을 받은 예술가들에 대해 언급하고 있다. "『스노우 헌터스』를 쓰는 동안 모든 종류의 예술, 즉 그림과 사진과 그 외의 작품들이 제 마음속에서 밝게 빛났습니다. 예를 들어 자코메티의 조각품, 또는 왕가위 감독의 아르헨티나 배경의 영화, 〈해피 투게더〉." 요한이 본국송환을 거부하는 위 장면이야말로 모든 걸 제거하고 정수만 남긴 자코메티의 조각품을 연상하게 한다. 왕가위 감독의 독특한 아우라 역시 단어와 문장의 조합을 통해 소설에서 표현되었다고 여겨진다.

더 이상 밤이 없을 것 같은 장소

요한이 중립국인 브라질을 최종 정착지로 선택하는 장면 역시 매우 함축적이고 상징적이다. 요한은 한 번도 이름을 들어본 적 없는 나라인 브라질을 선택하는데 그 이유는 그곳의 태양이 강렬하다고 들었기 때문이다.

> —태양.
>
> 그의 옆에 선 간호사가 저 멀리 나무들 위로 막 흩날리기 시작한 눈을 바라보며 말했다. 장담하는데 거긴 태양이 강렬해요.
>
> 더 이상 밤이 없을 것 같은 장소에 대해 그는 생각해보았다.
>
> —브라질.
>
> 요한이 말했고 그 남자가 고개를 끄덕였다. 간호사가 미소 지었고, 요한 역시 그렇게 했다. (26-27쪽)

위 장면에서 바깥에서 흩날리는 눈과 요한이 머릿속으로 떠올리는 태양은 뚜렷한 대비를 이룬다.

요한에게 전쟁과 포로수용소로 요약되는 현재는 겨울이자 밤의 세계이고, 중립국의 미래는 '더 이상 밤이 없을 것 같은' 세계이다. 무엇보다도 전쟁은 겨울과 관련이 있다. 요한은 전쟁 발발 후 첫 번째 겨울에 포로가 되었고, 폭격으로 정신을 잃고 눈 속에 파묻혀 있다가 미군들에게 발견되었다. 이 때문에 수용소를 관리하는 미국인들은 그를 '스노우맨'이라고 부른다. 요한이 남쪽으로 향하는 열차 속에서 본 피난민 가족 역시 전쟁의 폐허 속에서 필사적으로 생필품을 찾으려고 눈 속을 헤집는 스노우 헌터스 즉, "눈 사냥꾼들"(201)이었다.

비록 찰나의 순간이었지만… 삶은 일종의 경이가 되었다

요한은 한반도의 "남쪽 해안 근처, 공군기지 옆의 포로수용소"(23)에서 2년 동안 포로 생활을 했다. 중립국을 선택한 송환거부 포로인 그는 "전쟁이 끝난 후 거의 일 년이 될 때까지"(155) 수용소에 남아 있었다. 즉, 한국전쟁 시기에 요한은 약 3년 동안 포로수용소에 수용되어 있었다.

요한의 포로수용소 생활은 다음과 같았다. "포로

가 된 후에 살아남지 못한 사람들의 시신을 나르기 위해 야영지로 가야만 했다. 가위 소리와 컵과 그릇과 단지에 담긴 액체에 둘러싸여 있던 시간들. 파리들의 분주한 움직임"(55). 시신, 액체, 파리들의 움직임은 포로수용소의 일상을 압축하여 보여주는 단어와 문구이자 이미지들이다.

하지만 포로수용소에서조차 생의 감각은 순간순간 빛을 발한다. "비록 찰나의 순간이었지만… 삶은 일종의 경이가 되었다."(116-117)고 회상하는 시간이 존재하는 것이다. 요한에게 그러한 순간은, 폭발 사고로 시력을 잃은 친구 펭이 카드를 손에 쥐고 미소를 지었을 때, 크리스마스이브에 야전병원의 간호사가 춤을 추자고 제안했을 때, 미군들의 축음기에서 음악이 울려 펴져서 "그 아스라한 멜로디, 노래 한 곡이, 그들에게로 왔다"(121)고 감각되었을 때 등이다.

『스노우 헌터스』는 시적인 문체와 상징을 통해 놀라운 생의 경이를 포착해낸 소설이다. 등장인물들의 성격이 그러한 것처럼 이 소설은 과묵하고 종종 침묵에 빠진다. 하지만 요한과 기요시, 요한과 아버지, 요한과 소녀 사이의 관계처럼, 소설의 과묵과 침묵 속에는 분명한 형태의 사랑과 구원의 가능성이 존재한다. 지구 저편의 낯선 땅 브라질에 도착하여 머뭇거리지만 정확한 지점을 향해 서서히 나아가는 요한의 행보를 가슴 졸이며 응원하게 되는 이유이다.